셰익스피어 비극

로미오와 줄리엣

The Tragedy of Romeo and Juliet

셰익스피어 비극

로미오와 줄리엣

초판 1쇄 | 2011년 12월 15일 발행

지은이 | 셰익스피어
옮긴이 | 김재남
펴낸곳 | 해누리
펴낸이 | 이동진
편집주간 | 조종순
마케팅 | 김진용

등록 | 1998년 9월 9일(제16-1732호)

주소 | 서울시 마포구 성산1동 239-1번지 성진빌딩
전화 | (02)335-0414 팩스 | (02)335-0416
E-mail | sunnyworld@henuri.com

ⓒ 해누리, 2011

ISBN 978-89-6226-026-7 (03840)

세익스피어 비극

로미오와 줄리엣

The Tragedy of Romeo and Juliet

김재남 옮김

해누리

ROMEO AND JULIET.

일러두기

＊방백 _ 연극에서 등장인물이 말을 하지만 무대 위의 다른 인물에게는 들리지 않고
관객만 들을 수 있는 것으로 약속되어 있는 대사

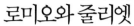

셰익스피어 비극
로미오와 줄리엣

　김재남(金在枬) 교수님은 셰익스피어 연구에
평생을 바치셨으며 이 분야에서는 우리나라에서 최고의 대가들 가운데 한 분
이시다. 또한 이미 1964년에 '셰익스피어 전집'을 번역, 출간하셨는데, 이것은
한 개인이 셰익스피어의 작품 전체를 번역한 것으로서는 우리나라에서 최초인
것이었으며, 동시에 셰익스피어 전집의 번역 자체도 전 세계에서 일곱 번째에
해당하는 일이었다. 그 후 김교수님은 30년에 걸친 1995년에 이르기까지 셰익
스피어 전집을 두 번 수정, 보완하셨다.

　김교수님의 이러한 탁월한 업적에 대해 우리나라의 영문학계를 대표하시는
분들이 다음과 같이 평한 바가 있어서 여기 소개한다.

　"셰익스피어를 번역하는 사람은 먼저 그의 작품들을 계통적으로 연구한 전
문학자라야 할 것이나. 또한 난해하거나 영묘한 셰익스피어의 표현을 우리말
로 옮기는 데는 문학적 재능이 필요하다. 김재남 교수는 위에서 말한 두 가지
조건을 구비한다. 학계와 연극계의 일치된 요망에 부응하는 최초의 ≪셰익스
피어 전집≫이 김재남 교수의 손으로 되어 나온다는 것은 지극히 타당한 일이

라 생각한다."_ 문학박사 최재서, 1964년 초판 서문에서

"셰익스피어 번역에는 참으로 어려운 문제들이 많다. 김교수는 이 방면에 훌륭한 준비를 갖추었고 그의 노력과 열의는 높이 평가되어야 할 분이라, 이 전집 번역을 혼자 힘으로 이룩한 데 대해 경의와 찬사를 아낄 수 없다. 극문학에 큰 공헌이 될 것을 의심하지 않는 바이다."_ 문학박사 권중휘, 1964년 초판 서문에서

"이 힘들고, 범인으로서는 불가능한 일을 할 수 있는 비범한 사람이 있는가? 과연 우리에게는 용기와 끈기와 추진력에다 능력과 자격을 겸비한 적격자가 있는가? 김재남 교수님이야말로 이 모든 것을 갖춘 비범한 적격자의 한 분이라고 나는 감히 말할 수 있다. 1964년에 셰익스피어 탄생 400주년에 맞추어 선생님은 셰익스피어 전집 번역본을 단독으로 내셨다. 이것은 우리나라의 보통 큰 문화적 사건이 아니었다. 세계적으로도 손가락으로 셀 수 있을 정도의 소수이며, 더구나 단독 완역은 한둘이나 될까 매우 드문 일이기 때문이다."_ 문학박사 이경식, 1995년 3정판 서문에서

"김재남 교수는 우리 영문학계에서 '한 우물만을 판' 사람으로 유명하다. 그에게 있어서 셰익스피어는 학문의 전부였고 아마도 인생의 전부이기도 했을 것이다. 그의 평소의 신념이 작품이란, 더욱이 셰익스피어 같은 대고전은 읽고 또 읽어야 그 진가를 알 수 있다는 것이었다. 그의 문학을 대하는 태도는 이렇듯 정통적이고 비타협적이었다. 그렇기 때문에 그의 번역도 몇 번이고 새로워질 수밖에 없었을 것이다."_ 문학박사 여석기, 1995년 3정판 서문에서

이번에 김재남 교수님의 번역본을 다시 출간하게 된 것은 김재남 교수님과

조성식(趙成植, 前 고려대학교 명예교수, 학술원 회원) 교수님 사이에 맺어진 절친한 우정 때문이다. 나는 나의 장인어른이신 조교수님으로부터 두 분의 우정에 관한 이야기를 평소에 많이 들어왔고 또한 김재남 교수님의 번역본을 해누리에서 다시 출간했으면 좋겠다는 말씀을 자주 들었다. 그래서 몇 해 전에 김재남 교수님의 사모님에게 감히 전화를 걸어 구두로 허락을 받았고 이제 드디어 출간하게 된 것이다. 다만 김재남 교수님의 번역본이 현재의 독자들에게 좀 더 읽기 쉽고 이해하기 쉬운 것이 되도록 위해 난해한 한자어를 풀이하는 등 약간의 수정을 거쳤으며 재미있는 관련 삽화들을 가능한 한 많이 수록했다.

이 출간을 통하여 김재남 교수님의 탁월한 업적이 앞으로도 계속해서 더욱 빛나게 되기를 진심으로 바랄 따름이다.

2011년 12월

李 東 震
(해누리 출판사 대표, 시인, 작가, 前 외교통상부 대사, 월간 착한이웃 발행인)

작품 해설 | 로미오와 줄리엣
The Tragedy of Romeo and Juliet

로미오와 줄리엣은 1597년에 처음 출판되었으며, 1595년경 처음 연극 무대에 올린 것으로 추정된다. 이는 작가가 삼십 세를 갓 넘었을 시기로, 처음 몇 해 동안의 습작 시대를 겪은 다음 성장기에 들어설 무렵의 작품이다.

이 극의 소재는 이탈리아의 이야기에서 온 것이다. 원수의 두 집안 사이에서 일어난 숙명적 비련과 수면제를 써서 결혼을 회피하는 이야기는 원래 별도의 이야기였던 것인데, 1530년경 이탈리아인 반델로에 의해 하나로 결합되었다. 이 이야기는 당시 사람들의 입맛에 맞아 원작의 내용이나 줄거리는 그대로 두고 풍속, 인명, 지명 따위를 시대나 풍토에 맞게 고쳐서 출간되었다. 영국에서도 아더 브루크에 의해 그 운문의 번안이 나왔는데, 아마도 셰익스피어는 이것을 참고로 했으리라고 생각한다.

이 극의 남녀 주인공의 정열은 특이하며, 비극의 진행도 맹렬하다. 원작에서는 사건이 아홉 달 사이에 벌어지지만 셰익스피어는 그것을 단 5일(또는 6일)로 단축시켰다. 셰익스피어의 극적 시간은 그의 사극에서도 알 수 있듯이 십수 년의 시간도 단 며칠의 시간으로 단축시킨다. 더구나 대사 안에 수요일, 목요일 등 특정한 날짜를 지정하여 현실감을 느끼게 하는 동시에 극적인 시각을 설정하여 극의 진행을 재촉한다. 두 주인공이 처음 만났을 때의 경탄에서 행복의 절정에 이르기까지, 불행한 사건의 발생에서 해결에 이르는 어렴풋한 희망, 그리고 불운한 우연의 연속에서 최후의 대단원에 이르는 숨 막히는 순간순간의 절박감은 이 극의 성격 창조의 부족한 점을 충분히 메워 주고 있다.

이 극은 성격 비극이 아니라 단순 소박한 운명 비극이다. 이 비극의 주인공들은 확실히 별의 비운을 타고 난 연인들이다. 두 남녀의 비극은 누구의 악의에 의해서가 아니라 전적으로 우연에 의해 전개된다. 우정이 두터운 로미오, 정숙한 줄리엣, 딸에게 자애로운 캐플리트 부인, 아가씨의 행복만을 위하는 유모, 양가의 화해를 기도하는 로렌스 신부 등등. 등장인물들은 주어진 환경에서 모두 선인들이다. 이러한 선인들에 이해 빚어지는 비극이니 만큼 비극의 순수성은 더욱 특이하다. 이 점은 인간의 악(惡)을 주제로 한 그의 다른 비극들과 비교해 보면 더욱 뚜렷하다.

이와 같은 순수성이 짙은 비극에 싱싱하고 달콤한 서정적인 시의 아름다움 또한 특이하다. 이러한 시 안에 번뜩이는 사랑의 뜨거운 정화(情火)며, 횃불, 별빛, 유성, 닿자마자 터지는 화약의 섬광 등등. 이 비극은 밝은 빛의 이미지로 가득 차 있다. 이 극은 4대 비극(햄릿, 오델로, 리어왕, 맥베드)에서와 같은 인물의 성격 창조가 결핍된 것이 큰 흠이지만, 유모와 머큐쇼에 의해 발휘되는

생명력은 아직 비극에 미숙한 작가의 솜씨에 비추어볼 때 실로 놀랍다. 성격이 약동하는 이 두 단역(로미오, 줄리엣)은 앞으로 있을 걸작들에서의 생생한 극적 성격 창조에의 약속인 것이다. 그리고 중세기의 젊은 여성으로서 부모의 명령에도 아랑곳없이 자기의 사랑을 관철하기 위해 사랑의 진실을 자기 자신에 두고 맹세하는 줄리엣은, 셰익스피어 자신의 시기인 르네상스 시대의 자아각성의 새 인간상으로 비쳐지고 있다. 이 극은 비극으로서는 심각한 결함을 지니고 있으면서도 아름다운 시로 된 순수하고도 감미한 청춘 연애 비극으로 우리의 심금을 울려 온 극이다.

Romeo and Juliet

로미오와 줄리엣

(1594~1595)

로미오와 줄리엣

The Tragedy of Romeo and Juliet

사랑이 당신에게 안내했지요.
처음부터 당신을 찾아보라고 재촉한 것도 사랑이고,
지혜를 빌려준 것도 사랑이요. 난 눈만 빌려준 셈이지요.
난 수로(水路) 안내인은 아니지만, 당신 같은 보물을 찾는 경우라면
머나먼 바닷물에 휩쓸리는 광대한 해안처럼 먼 곳도 기어이 찾아갈 거요.
_로미오가 줄리엣에게 한 말(2막 2장)

장소

베로나 Verona와 만투아 Mantua(Mantova)

등장 인물

에스컬러스 Escalus   베로나의 영주
패리스 Paris   영주의 친척, 귀족 청년
몬터규 Montague   ⎤
캐플리트 Capulet   ⎦ 서로 원수인 두 가문의 가장(家長)
노인 An old man   캐퓰리트의 삼촌
로미오 Romeo   몬터규의 아들
머큐쇼 Mercutio   영주의 친척, 로미오의 친구
벤볼리오 Benvolio   몬터규의 조카, 로미오의 친구
티볼트 Tybolt   캐퓰리트 부인의 조카
로렌스 Friar Laurence   ⎤
존 Friar John   ⎦ 프란체스코 수도회 수사신부
밸서자 Balthasar   로미오의 하인
샘슨 Samson   ⎤
그레거리 Gregory   ⎦ 캐퓰리트 가문의 하인
피터 Peter   줄리엣의 유모의 하인
아브라함 Abraham   몬터규 가문의 하인
약방 영감 An Apothecary
악사 3명 Three Musicians
패리스의 시동(侍童) Page to Paris
또 한 명의 시동 Another page
관리 한 명 An officer
몬터규 부인 Lady Montague   몬터규의 아내
캐퓰리트 부인 Lady Capulet   캐퓰리트의 아내
줄리엣 Juliet   캐퓰리트의 딸
유모 Nurse to Juliet   줄리엣의 유모
베로나 시민들 Citizens of Verona
양쪽 가문의 친척인 남녀들 Several men and women, relations to both houses
가장 무도회 참석자들 Maskers
호위병들 Guards
야경꾼들 Watchmen
시종들 Attendants

프롤로그

Prologue　　🌸 *해설자가 등장한다.*

해설자　　동등한 권세를 자랑하는 두 가문이

　　　　　아름다운 베로나를 무대로 하여

　　　　　오래 쌓인 원한 때문에 다시금 싸움을 일으켜

　　　　　시민의 피로, 시민의 손을 더럽힙니다.

　　　　　이 두 원수의 숙명적인 가문에서

　　　　　한 쌍의 불행한 연인들이 태어납니다.

　　　　　이들의 사랑은 불행하고도 불우한 파멸의 죽음으로

　　　　　두 가문의 부모들의 갈등을 매장합니다.

　　　　　죽고 나는 그들의 무서운 사랑이야기,

　　　　　그리고 자식들이 죽고 나야만 끝이 나는

　　　　　두 가문의 부모들의 끈질긴 불화,

　　　　　이것이 지금부터 두 시간 동안 공연됩니다.

여러분께서 참을성 있게 들어 주신다면

부족한 점은 앞으로 노력해서

보충해 드리겠습니다.

(퇴장한다.)

베로나, 광장

🦋 캐퓰리트 가문의 하인들인 샘슨과 그레거리, 칼과 방패를 들
　고 등장한다.

샘슨	이봐, 그레거리, 이젠 정말 더 못 참겠어.
그레거리	아니, 못 참겠다면 석탄이나 운반해서 먹고 살아야겠지.
샘슨	그게 아니라 화가 나면 칼이라도 쑥 뽑겠다 이거야.
그레거리	글쎄, 살아 있는 동안 모가지나 뽑히지 않도록 해.
샘슨	내 약만 올라 봐. 단칼에 베어버린다.
그레거리	웬걸, 네가 그렇게 쉽사리 약이 오르겠어?
샘슨	난 몬터규 집 개새끼만 봐도 화딱지가 나.
그레거리	화가 나면 야단법석이고, 기운이 나면 버티게 마련이야. 그러니까 넌 화가 나면 야단법석에 뺑소나 칠거야.

샘슨	그 집 개새끼만 봐도 난 화가 나서 버티게 된다니까. 몬터규 집 남녀는 모조리 시궁창으로 몰아넣고, 돌담 쪽 좋은 길은 내가 차지한다 이거야.
그레거리	오죽이나 못났으면 돌담 쪽으로 가겠어?
샘슨	그건 그래. 그래서 약한 여자는 언제나 돌담 쪽으로 밀려나게 마련이지. 그러니깐 난 몬터규 집 사내들은 돌담에서 밀쳐내고 계집들은 돌담 쪽으로 밀어붙여 버릴 거야.
그레거리	주인은 주인끼리, 하인은 하인끼리 싸우는 거잖아.
샘슨	나한테는 그게 그거야. 난 실컷 포악하게 굴 거야. 사내들하고 싸움이 끝나면, 계집들에게도 맛을 좀 보여 줘야지. 글쎄, 그 년들의 급소를 찔러 놓아야겠어.
그레거리	하녀들의 급소를 찌른다고?
샘슨	그래, 그 년들의 급소다. 처녀의 바로 거기 말이야. 네 맘대로 생각해라.
그레거리	그럼 그것들, 톡톡히 맛을 좀 봐야 되겠군, 그래.
샘슨	내가 버티고 있는 동안에는 그 년들이 맛을 볼 거야. 이래 뵈도 난 대단한 살덩어리거든.
그레거리	네가 생선이 아니라 다행이지. 생선이었다면 넌 간 대구였지 뭐야. 자, 칼을 빼. 이리로 몬터규 집 두 놈이 오고 있거든.
샘슨	자, 난 칼을 뺐어. 시비를 걸어. 네 뒤는 내가 봐 줄 테니까.
그레거리	뭐라고? 뒤로 돌아 도망치려는 거야?
샘슨	내 걱정은 말아.
그레거리	천만에! 내가 네 걱정을 하다니!
샘슨	하여튼 우리 편에는 말썽이 없게 하고, 저쪽에서 시비를 걸어오게 하자.

그레거리	저놈들 곁을 지나치면서 난 인상을 팍 쓰겠어. 저놈들 맘대로 생각하라지 뭐.
샘슨	아냐, 그건 저놈들 담력에 달린 거야. 난 엄지손가락을 씹어대 주겠어. 그래도 저놈들이 가만히 있다면 자기들만 망신이지.

   ❧ 몬터규 집의 하인 아브라함과 또 한 명의 하인이 등장한다.

아브라함	이봐, 우리한테 대고 엄지손가락을 씹는 건가?
샘슨	난 내 엄지손가락을 씹는 거야.
아브라함	이봐, 우리한테 대고 손가락을 씹어 댄 거잖아!

샘슨 : 자, 난 칼을 뺐어. 시비를 걸어.
네 뒤는 내가 봐 줄 테니까.

아브라함 : 이봐, 우리한테 대고 엄지손가락을 씹는 건가?

샘슨	*(그레거리에게 *방백)* 내가 그렇다고 말해도 우리 쪽에는 말썽이 없을까?
그레거리	왜 없겠어?
샘슨	천만에요. 난 너희한테 대고 씹어댄 게 아니고, 그저 내 손가락을 씹어 보는 거야.
그레거리	이봐, 시비를 거는 건가?
아브라함	시비를 걸다니! 천만에.
샘슨	해볼 테면 해 봐. 나도 너희 못지않게 훌륭한 주인을 섬기는 사람 이니까.
아브라함	하지만 훨씬 더 훌륭하진 못할 거야.
샘슨	하긴 그래.

🌸 한쪽에서 벤볼리오가, 다른 쪽에서 티볼트가 등장한다.

그레거리	(티볼트가 오는 것을 보고) 훨씬 훌륭하다고 말해. 마침 우리 주인의 친척 한 분이 이리 오고 있으니까.
샘슨	물론 훨씬 더 훌륭하고말고.
아브라함	허튼 소리 마라!
샘슨	너희가 대장부라면, 자, 칼을 빼라. 그레거리! 네 맹렬한 칼솜씨를 좀 부탁한다.
벤볼리오	(후면에서 가로채고 들어와서) 그만 둬, 바보들아! 칼을 거두어라. 물불도 안 가리는 것들 같으니!

🌺 *티볼트가 달려든다.*

티볼트	아니, 네가 이 비겁한 하인 놈들 틈에 끼여 칼을 빼들고 있다 이거야? 벤볼리오, 나를 봐라. 널 죽이겠다, 이놈!
벤볼리오	난 싸움을 말리고 있을 뿐이야. 네 칼을 거두어라. 안 거두겠다면, 그 칼로 나와 함께 이놈들을 뜯어말리기나 해라.
티볼트	뭐가 어쩌고 어째? 칼을 빼든 주제에 싸움을 말린다는 거야? 지옥으로나 갈 몬터규 족속들도 밉지만 네 말은 더욱 밉살스러워. 자, 내 칼이나 받아, 이 비겁한 놈아.

🌺 *벤볼리오와 티볼트가 싸운다. 양쪽 가문의 여러 명이 등장하여 싸움에 가담한다. 이윽고 곤봉을 든 시민들이 등장한다.*

시민 1	곤봉이다! 도끼다! 창이다! 저놈들을 때려눕혀라! 캐퓰리트 놈들을 때려눕혀라! 몬터규 놈들을 때려눕혀라!

영주 : 치안 교란 죄로 너희 목숨은 없어질 것이다.

🌸 *실내복 차림의 캐퓰리트와 그의 부인이 등장한다.*

캐퓰리트　이게 웬 소동이냐? 자, 내 장검을 가져와.

캐퓰리트 부인　지팡이를 가져와라, 지팡이를! 장검은 왜 찾는 거예요?

캐퓰리트　내 칼을 달라니까! 몬터규 늙은 것이 나한테 대고 칼을 휘두르면서 오고 있잖아.

🌸 *몬터규와 그의 부인이 등장한다.*

몬터규　무례한 캐퓰리트, 너 이놈! 이거 놓지 못해? 날 붙잡지 말라니까.

몬터규 부인　싸우겠다면, 꼼짝도 못하게 붙잡겠어요.

🌸 *영주 에스컬러스가 부하들을 거느리고 등장한다.*

영주　치안을 교란하는 불온한 놈들아! 이웃끼리 피로 칼을 물들이는 놈들아! 안 들리느냐? 에이, 짐승 같은 놈들 같으니! 흉악한 격분의 불길을 너희 혈관에서 샘물처럼 솟는 붉은 피로 끄겠단 말이냐? 고문을 두려워한다면, 그 잔인한 손에서 흉기를 땅에 내던지고 영주의 말을 들어라. 너희 캐퓰리트와 몬터규 두 늙은이는 하찮은 시비 때문에 세 번이나 싸워서 조용한 거리를 그때마다 소란하게 만들어, 베로나의 노인들은 자기 몸에 어울리는 지팡이는 내던진 채 평화로 녹슨 낡은 창을 늙은 손으로 휘둘러 너희의 증오를 말렸다. 또 다시 거리를 소란하게 하는 날이면 치안 교란 죄로 너희 목숨은 없어질 것이다. 이번만은 그대로 다들 물러가라. 그리고 캐퓰리트, 너는 나와 함께 가자. 몬터규, 너는 오늘 오후에 자유 시

가지에 위치한 법정에 출두하여 이번 사건에 관해 나의 의견을 좀 더 들어야만 하겠다. 한 번 더 말해두지만, 죽음이 두렵다면 다들 썩 물러가라.

❧ 몬터규, 몬터규 부인, 벤볼리오만 남고 모두 퇴장한다.

몬터규 도대체 누가 이 해묵은 싸움을 또 다시 터뜨려 놓았느냐? 얘, 넌 처음부터 여기 있었니?

벤볼리오 저 원수의 하인들과 숙부님의 하인들이 이곳에서 막 싸우고 있을 때 제가 여기 오게 됐지요. 제가 칼을 빼어들고 말리자, 바로 그때 불같은 티볼트가 칼을 뽑아 들고 대드는가 하면, 머리 위로 칼을 휘두르고 헛손질만 했지요. 그러나 그 칼에는 무엇인가 다치기는 커녕, 조롱하듯이 바람만 쉿 소리를 냈지요. 그렇게 우리가 한창 치고받는 사이에 자꾸만 사람들이 모여들어서 패를 지어 싸웠지요. 그때 마침 영주님이 오셔서 말린 거라고요.

몬터규 부인 아, 로미오는 어디 있지? 너 오늘 그 애를 보았니? 그 애가 이 싸움에 안 끼어서 다행이야.

벤볼리오 숙모님, 숭고한 태양이 동쪽의 황금 창문을 내다보기 한 시간 전에 저는 마음이 착잡해서 밖으로 나가 있었는데, 이 도시의 서쪽에 우거진 단풍나무 숲 속을 그토록 일찍 형님이 거닐고 있었지요. 제가 가까이 다가가니까 형님은 눈치 채고 숲 속으로 슬쩍 숨어버리더군요. 저는 형님의 심정을 제 경우에 비추어 짐작했어요. 괴로운 몸은 혼자 있어도 너무나 부산하기 때문에 인기척이 가장 적은 곳만 찾게 마련이지요. 그래서 저는 형님의 뒤를 쫓지 않은 채, 나를 피하려는 사람을 자발적으로 기꺼이 피해 주었지요.

몬터규	그 애는 아침에 자주 그곳에 가서 신선한 아침 이슬 위에 눈물을 뿌리는가 하면, 한숨을 지어 구름에다 구름을 더 보탠다는 거야. 그러다가 만물에 힘을 주는 태양이 저 머나면 동쪽에서 새벽 여신이 검은 휘장을 침대에서 열어젖히기 시작하면, 우울한 자식 놈은 살며시 돌아와 혼자 방안에 처박힌 채, 덧문을 내려 밝은 햇빛도 가로막고, 일부러 밤을 만들더군. 이런 심정은 반드시 어떤 화근의 조짐일 게야. 잘 충고해서 그 근원을 제거한다면 몰라도 말이야.
벤볼리오	숙부님, 그 근원을 아시나요?
몬터규	모른다. 어디 알 도리가 있어야지.
벤볼리오	어떻게 해서든 성가시게 물어보셨나요?
몬터규	나뿐만 아니라 여러 친구들도 캐물어 보았지. 그러나 그놈은 제 감정에만 충실한 채, 그게 어디까지 진실한진 알 수 없지만, 어쨌든 자기 혼자 비밀을 꾹 지키고 있으니 도저히 짐작해서 알아낼 길이 없어. 마치 꽃봉오리가 향기로운 꽃잎을 대기 속에 활짝 펴고 그 아름다운 모습을 태양에 바치기도 전에 심술궂은 벌레에게 먹히고 마는 것과 같다고나 할까? 그의 슬픔이 자라난 근원을 알 수만 있다면, 아는 대로 당장 치료도 해주겠지만 말이야.

🌹 *로미오가 등장한다.*

벤볼리오	마침 로미오가 오는군요. 잠깐 자리를 비켜 주세요. 제가 그 화근을 알아보겠어요. 뭐, 거절당하진 않겠지요.
몬터규	네가 여기 머물러서 그 아이의 진심어린 고백을 들을 수만 있다면 오죽이나 좋겠느냐? 여보, 마누라, 우린 물러갑시다. *(몬터규와 그의 부인이 퇴장한다.)*

벤볼리오	밤새 안녕한가?
로미오	아직도 아침인가?
벤볼리오	지금 막 아홉 시를 쳤어.
로미오	아, 슬픈 시간은 지루하기 마련이군. 지금 황급히 물러가신 분은 우리 아버님이지?
벤볼리오	응. 그런데 무슨 시름으로 로미오의 시간은 그토록 지루할까?
로미오	가지면 시간도 잊혀지는 게 있는데, 그걸 못 가지니 그래.
벤볼리오	사랑 말인가?
로미오	아냐.
벤볼리오	사랑이 아냐?
로미오	내가 사랑하는 여자지만 아무런 반응이 없어.
벤볼리오	저런, 보기엔 퍽 상냥한 것 같은 사랑이 실제로는 그렇게 포악하고 몰인정하단 말인가?
로미오	아, 항상 눈이 가려져 있는 그 사랑이란 놈은 눈이 없이도 잘만 사랑의 과녁을 쏘아 맞히거든! 식사는 어디서 할까? 아니, 이게 웬 소동이었어? 아냐, 말 안 해도 좋아. 나도 다 알고 있으니까. 미움과 관련한 소동도 소동이지만 사랑과 관련한 고민은 한술 더 뜨지. 아, 싸우는 사랑! 아, 사랑하는 미움! 원래 없는 것에서 창조된 어떤 것! 아, 무겁고도 가벼운 것! 진실한 허위! 겉치레는 근사하나 꼴사나운 혼돈! 납덩이의 솜털, 번쩍이는 연기, 차디찬 불, 병든 건강! 늘 눈이 떠있는 잠, 그런 것이 아닌 그것! 바로 이런 것이 내가 느끼는 사랑이지만, 이런 사랑에 만족이 어디 있겠어? 우습잖아?
벤볼리오	아냐, 오히려 울고 싶어.
로미오	울고 싶다니, 왜?
벤볼리오	착한 너의 마음이 고민을 하니까.

로미오	원, 그건 빗나간 애정이야. 내 고민만 가지고도 이 가슴이 무거운데 너의 고민까지 덧붙여서 짓눌러 줄 참인가? 너의 그런 애정은, 그 렇잖아도 너무나 벅찬 내 고민엔 설상가상이야. 사랑이란 한숨으로 일으켜지는 연기야. 맑게 개이면 애인의 눈 속에서 번쩍이는 불꽃이 되고, 흐리면 애인의 눈물로 넘치는 바다가 되. 그게 사랑 아닌가? 가장 분별 있는 광증이요, 또한 질식시키는 쓰디쓴 약인가 하면, 생명에 활력을 주는 단 이슬이기도 하지. 그럼, 잘 있어.
벤볼리오	아냐, 같이 가자. 이렇게 나를 여기 두고 가면 너무하잖아.
로미오	쳇, 나야말로 나 자신을 어딘가에 둔 채 여기엔 없어. 난 여기 없다고. 이 사람은 로미오가 아니야. 그는 어디 딴 곳에 가 있어.
벤볼리오	정말 말해 봐. 사랑의 상대가 누군지 말이야.
로미오	뭐, 나더러 끙끙 앓으면서 말하라는 거야?
벤볼리오	끙끙 앓다니! 천만에. 하지만 정말 말해 봐. 상대가 누구야?
로미오	차라리 환자에게 진심으로 유서를 쓰라고 말해라. 그야 환자에겐 섭섭한 말이겠지만. 그런데 이봐, 진실을 말하자면 난 어떤 여자를 사모하고 있어.
벤볼리오	나도 그렇게 짐작했었는데 어지간히 맞았군.
로미오	맞히는 솜씨가 정말 놀랍군, 그래! 하여간 내가 사모하는 여자는 미인이야.
벤볼리오	이봐, 분명히 미인이라면 그런 과녁은 손쉽게 쏘아 맞힐 수 있을 거야.
로미오	넌 빗나갔어. 그 여자가 큐피드의 화살에 어디 맞아야 말이지. 그 녀는 달의 여신 다이애나Diana의 분별력을 지니고, 순결이란 갑옷으로 단단히 무장하고 있기 때문에 애들 장난감 같은 사랑의 화살엔 도무지 상처를 입지 않아. 또한 구애의 공세도 피해 버리며

로미오 : 넌 빗나갔어. 그 여자가 큐피드의
화살에 어디 맞아야 말이지.
'사랑과 정숙의 싸움'
_ 15세기 피렌체 유파 그림

사랑의 눈초리의 집중 공격에도 끄덕 않거든. 그뿐인가? 성인마
저 유혹하는 황금에도 치마를 안 벌려 줘. 아, 굉장한 미인이긴 해
도, 죽으면 그녀의 아름다움도 밑천과 함께 사라져버릴 테니 아까
운 일이지.

벤볼리오　　그러면 일평생 독신생활을 맹세한 여자란 말이야?

로미오　　그렇지. 그런데 그토록 사랑에 인색한 건 오히려 큰 낭비가 아니
냐 이거야. 아름다움이 금욕 때문에 굶어죽으면 모든 후손의 아
름다움마저 잘라버리는 셈이 아닌가! 저 예쁘고 어질고 착한 여
자는 나를 이렇게 절망 속에 몰아넣고서야 어떻게 축복을 받을
수 있겠어? 그 여자는 사랑을 하지 않기로 맹세했다는데, 지금 이
말을 하고 있는 나는 그 맹세 때문에 산송장이 되어 버린 셈이야.

벤볼리오　　내 충고를 듣고 그 여자 생각은 버려.

로미오	아, 어떡하면 생각을 안 할 수 있는지 좀 가르쳐줘.
벤볼리오	너의 두 눈에 자유를 주어서 다른 미인들을 살펴보라고.
로미오	그건 그녀의 뛰어난 미모를 더욱더 생각나게 할 뿐이야. 미녀들의 이마에 키스하는 저 과분한 가면들이 검은 색이기 때문에 우리는 오히려 가려진 미모를 생각하게 되지. 갑자기 눈이 먼 사람은 자신의 귀중한 보물, 즉 잃어버린 시력을 잊지 못하게 마련이야. 절세의 미인을 좀 데려와 봐. 그런 미모가 무슨 소용이 있겠어? 그건 절세의 미인을 능가하는 미인을 읽어보게 할 주석(註釋)의 구실밖에 안돼. 그럼, 잘 있어. 너는 내가 잊을 수 있는 방법을 가르쳐주지 못해.
벤볼리오	앞으로 가르쳐 주겠어. 그렇게 하지 못한 채 죽을 수는 없거든. *(모두 퇴장한다.)*

1막 2장

같은 장소. 오후.

🌺 *캐퓰리트, 패리스 백작, 캐퓰리트의 하인이 등장한다.*

캐퓰리트	그렇지만 나뿐만 아니라 몬터규도 똑같은 처벌을 받았지요. 하긴 우리 같은 늙은이가 싸움을 삼가는 일쯤은 어렵지도 않아요.

패리스	다 같이 이름난 두 분이신데 오랜 세월에 걸쳐 화목하지 못하시니 유감이군요. 그건 그렇고, 저의 청혼은 어떻게 되는 건가요?
캐퓰리트	글쎄, 그전부터 해온 말을 되풀이할 수밖에 없군요. 딸년은 아직도 세상일에 낯설고, 아직 열네 살이 다 차지도 않았지요. 적어도 앞으로 두 번은 여름을 지내야만 신부 감이 될까요?
패리스	더 젊은 나이에 행복한 어머니가 된 여자들도 있는데요.
캐퓰리트	그러기에 너무 일찍 되면 쉽게 망가지지요. 다른 자식들은 다 죽고, 그 애만이 나의 희망이라고요. 그러나 백작이 직접 구애하여 딸년의 마음을 사로잡아 보시오. 딸이 승낙하면 내 의향은 들으나 마나며, 딸이 동의하면 나는 자기가 선택한 대로 승인하고 기꺼이 찬성할 수밖엔 없어요. 오늘 밤 우리 집에서 관례대로 연회가 개최되어 내가 친한 사람들을 많이 초대해 놓았으니, 백작께서도 초대 받은 진귀한 손님으로 참석해 주신다면 한층 빛나는 모임이 될 거요. 누추한 집이지만 오늘 밤 참석하셔서 캄캄한 하늘도 환하게 밝히는 별들 같은 여인들을 만나 보시오. 화려한 옷차림의 4월이 절뚝거리는 겨울의 뒤꿈치를 쫓아오고 있을 때 팔팔한 젊은이들이 느끼는 기쁨과 똑같은 기쁨을 오늘 밤 우리 집에서 꽃봉오리 같은 처녀들 사이에 끼어 맛보게 될 거요. 두루 듣고 보신 다음에 가장 멋진 여자를 사랑하시오. 잘 눈여겨보신다면 딸애도 그 가운데 하나니까 머릿수에는 들겠지만, 손꼽힐 수야 없겠지요. 자, 그럼, 같이 갑시다. *(하인에게)* 이봐, 빨리 아름다운 베로나를 뛰어다니라. 여기 이름들이 적혀 있으니 *(하인에게 쪽지를 준다.)* 찾아 가서, 우리 집을 찾아주시기를 바란다고 전해라. *(캐퓰리트와 패리스 퇴장한다.)*
하인	*(종이쪽지를 만지작거리면서)* 여기 이름이 적혀있는 분들을 찾아

가라니! 구두장이는 잣대를, 양복장이는 구두 틀을, 낚시꾼은 연필을, 환쟁이는 그물을 제각기 자기 연장으로 삼아 일을 해야 한다고 여기 적혀 있겠지. 그러나 여기 이름이 적힌 분들을 찾아가라고 날 보내지만, 젠장, 어느 누구의 이름들이 적혀있는지 알 수가 있어야지. 글을 아는 사람한테 가봐야겠어. 아, 마침 잘 됐다!

🍀 *벤볼리오와 로미오가 등장한다.*

벤볼리오　쳇, 이봐, 등불은 햇빛을 당할 수 없고, 한 가지 고통도 다른 고통이 닥치면 줄어들게 마련이야. 빙빙 맴돌다가도 거꾸로 돌면 좋아지는 법이고, 한 가지 고민도 다른 고민이 닥치면 해소되는 법이야. 형의 눈도 새로운 병에 걸려봐. 고약한 낡은 병은 물러가버릴 테니까.

로미오　그것에는 저 질경이 잎이 묘약이지.

벤볼리오　뭐에 묘약이라는 거야?

로미오　저, 정강이가 할퀴어진 데 말이야.

벤볼리오　아니, 로미오, 형은 미쳤어?

로미오　미치다니? 천만에. 하지만 미치광이 이상으로 묶여 있어. 감옥에 갇힌 채 얻어먹지도 못하고 매를 맞고 고문을 당하고 있지. 자, 그럼 잘 있어.

하인　안녕하세요? 글을 읽을 줄 아시지요?

로미오　아무렴, 내 불행한 운명쯤은 읽을 수 있어.

하인　그거야 읽지 않아도 다 아는 일이지요. 그런 게 아니라, 글을 읽을 줄 아시느냐 이 말인데요.

로미오　아무렴, 문자와 언어를 알기만 하면 그래.

로미오 : 이봐, 거기 서있어.
난 글을 읽을 줄 알아.

하인   정직한 말씀이군요. 그럼, 안녕히 계세요! *(하인이 돌아선다.)*

로미오   이봐, 거기 서 있어. 난 글을 읽을 줄 알아. *(명단을 읽는다.)* '마티노 Martino 씨 부부와 그 딸들, 안셀모 Anselme 백작과 그의 아름다운 누이들, 비트루비오 Vitruvio 미망인, 플라센티오 Placentio 씨와 그의 아름다운 조카딸들, 머큐쇼와 그의 동생 밸런타인 Valentine, 나의 숙부 캐퓰리트 부부와 그 딸들, 나의 아름다운 여조카 로절라인 Rosaline, 리비아 Livia, 밸런티오 Valentio 씨와 그의 조카 티볼트, 루시오 Lucio와 쾌활한 헬레나 Helena 양.' 내로라하는 사람들이 다 모이는군. 어디서 모이느냐?

하인   집에서요.

로미오   어디라고?

하인   만찬하는 곳이 집이라고요.

로미오	그 집이 누구네 집인데?
하인	우리 주인댁이지요.
로미오	참, 그걸 먼저 물었어야 했군.
하인	그러면 이제 안 물으셔도 알려드리겠어요. 우리 주인께서는 대단한 갑부 캐퓰리트지요. 그리고 당신도 몬터규 가문의 사람만 아니라면 부디 오셔서 술잔이라도 나누어보세요. 그럼, 안녕히 계세요요. *(퇴장한다.)*
벤볼리오	캐퓰리트 집의 이 잔치엔 형이 그처럼 사모하는 로절라인도 베로나의 이름난 모든 미녀들과 함께 참석하니, 그리로 가서 공정한 눈으로 내가 소개하는 얼굴과 그녀의 얼굴을 비교해 보라고. 이른바 형의 백조는 까마귀나 다름 없이 여겨질 테니까.
로미오	내 눈의 거룩한 신앙이 그런 사교를 믿게 된다면, 눈물은 불로 변해 버려라. 곧잘 눈물 속에 빠지면서도 죽지 않는 이 두 눈이 멀쩡히 이단자 짓만 해봐라. 그런 거짓말쟁이는 불살라버릴 테야. 내 애인보다 더 미인이라니! 만물을 다 보는 태양도 천지창조 이래 이만한 미인은 못 보았을 거야.
벤볼리오	쳇! 옆엔 아무도 없고, 형의 두 눈엔 그 여자만 저울질 해보았으니까 그녀가 미인으로 보인 거야. 하지만 오늘 밤 모임에서 다른 미인을 소개해줄 테니까 이 여자를 그 수정 같은 두 눈의 저울로 형이 사모한다는 여자와 저울질 해보란 말이야. 그 여자가 지금은 최고로 보이겠지만 별 게 아니라고 여겨질 거야.
로미오	가기로 하지. 하지만 네가 소개하겠다는 그 미인을 보려는 게 아니라, 내 애인의 찬란함을 즐기기 위해서야. *(두 사람이 퇴장한다.)*

캐퓰리트 저택의 거실.

🌸 캐퓰리트 부인과 유모가 등장한다.

캐퓰리트 부인 유모, 딸애는 어디 있지? 좀 불러 와요.

유모 글쎄, 내 열두 살 때 숫처녀의 표적에 걸고 맹세하지만, 이미 이리 오라고 말해 두었어요. 이봐요, 양 아가씨! 저, 참새 아가씨! 원, 요 색시가 어디 있는 거야? 이봐요, 줄리엣 아가씨!

🌸 줄리엣이 등장한다.

줄리엣 왜 그래요? 누가 날 부르나요?

유모 네 엄마가 부르신다.

줄리엣 엄마, 나 여기 있어요. 왜요?

캐퓰리트 부인 딴 게 아니라 말이야. 저, 유모는 잠깐 자리를 비켜 줘요, 우리끼리 얘기를 좀 해야겠으니까. 아냐, 그냥 있어요, 유모. 참, 유모도 같이 들어 줘요. 이애도 이럭저럭 결혼할 나이가 됐거든.

유모 그럼요. 따님 나이라면 저는 시간까지도 댈 수 있어요.

캐퓰리트 부인 열네 살은 채 안 됐지.

유모 제 이빨 열네 개에 걸고 말한다면, 아이고, 제 이빨은 네 개밖에 안 남았는데, 아가씬 열네 살이 안 되었지요. 그런데 팔월 초하루까진 며칠 남았나요?

줄리엣 : 엄마, 나 여기 있어요. 왜요?

캐퓰리트 부인 2주일 하고 며칠 남았지.

유모 며칠이든 몇 날이든, 일 년의 모든 날 가운데 팔월 초하루 밤이 오
면 아가씬 열네 살이 되지요. 수전 Susan과 아가씬, 하느님 맙소
사, 동갑이지요. 글쎄 수전은 천당에 가 있지만 제게는 과분한 딸
이었어요. 그러나 저러나 팔월 초하룻날 밤이면 아가씬 열네 살이
되지요. 정말이지 제가 잘 기억하고 있어요. 지진이 일어난 지 11
년이 되지만, 아가씬 바로 그날 젖을 떼었지요. 그 일은 잊을 수가
없어요. 일 년 365일 가운데, 하고많은 날들 가운데 바로 그날이
었어요. 저는 젖꼭지에다 약쑥 즙을 발라 놓고 비둘기 집 담 밑에
서 햇볕을 쬐고 있었지요. 그때 영감님과 마님은 만투아에 가 계
셨지요. 저는 똑똑히 기억하고 있다고요! 그런데 글쎄, 아가씬 젖

꼭지에서 약쑥 맛이 나니까, 써서 귀엽게도 칭얼거리고, 젖꼭지와 실랑이를 벌였다 이거에요! 그때 비둘기 집이 까딱까딱 흔들리면서 저더러 움직이라고 했으니까 저는 구태여 뛰어가라는 명령을 받을 필요가 없었지요. 벌써 11년 전 일이지만, 그때 아가씬 혼자서 곧잘 서기도 하고 비틀비틀 걸음마도 하고 다녔지요. 그 전날만 해도 이마에 상처를 냈지요. 우리 집 그이는, 하느님, 보호해 주십시오, 그이는 재미있는 사람이었어요. 아이를 번쩍 일으켜 안고서 "아이고, 앞으로 엎어졌니? 철이 들면 뒤로 넘어질 게야. 안 그래, 줄리엣 아가?" 하고 말했어요. 그러자 글쎄, 귀여운 아기가 울다 말고 "응." 이라고 했어요. 이제 보니 농담이 들어맞게 되는가 봐요! 참말로 내가 천 년을 살더라도 그 말만은 안 잊을 거예요. 우리 집 그이가 "안 그래, 줄리엣 아가?" 하고 말하니까 가엾은 것이 울다 말구 "응." 이라고 했다고요.

캐퓰리트 부인 그만해요, 제발 좀 가만히 있어요.

유모 예, 마님. 하지만 고것이 울다 말고 "응." 이라고 하던 걸 돌이켜 생각해보니 웃음이 터지잖아요. 글쎄, 아가씬 이마에 병아리 불알만한 혹이 났지요. 참 위험한 상처였어요. 몹시 울었지요. 우리 집 그이가 "아이고, 앞으로 엎어졌니? 철이 들면 뒤로 넘어질 게야. 안 그래, 줄리엣 아가?" 하고 말했어요. 그러자 글쎄, 귀여운 아기가 울다 말고 "응." 이라고 했어요.

줄리엣 유모, 제발 좀 그만해요.

유모 쉿, 이제 그만해 두겠어요. 아가씨의 행복을 빌겠어요! 아가씬 내가 기른 아기들 가운데 가장 귀여웠다고요. 난 살아생전에 아가씨가 시집가는 것만 보면 더 원할 것도 없겠어요.

캐퓰리트 부인 글쎄, 내가 이렇게 온 것도 그 결혼 얘기 때문이야. 애, 줄리엣, 말해 봐라. 결혼에 대한 네 의향은 어떠냐?

줄리엣 그건 꿈에도 생각하지 못할 명예지요.

유모 명예라니! 아가씨의 유모가 나 혼자니까 말하기 거북하지만, 그런 말 재치는 아가씨가 젖꼭지를 빨아 얻은 거라고 말하고 싶군요.

캐퓰리트 부인 그러면 이젠 결혼에 대해 생각해 보아라. 이 베로나에서는 너보다 나이가 아래인 명문 규수들이 벌써 어머니가 되었어. 넌 아직 처녀지만, 네 나이에 나는 네 어미가 되었던 게야. 그건 그렇고, 저 늠름한 패리스 백작이 널 아내로 삼겠다고 해.

유모 그 분이! 어머나, 아가씨, 그 분은 온 천하와도 같은 분이에요. 글쎄, 신사의 본보기지요.

캐퓰리트 부인 베로나의 한창 여름에도 그 분과 같은 꽃은 찾아볼 수 없어.

유모 그럼요. 그 분은 꽃이에요. 참으로 꽃이지요.

캐퓰리트 부인 어떠냐? 그 분을 사랑할 수 있겠니? 오늘 밤 잔치에 넌 그 분을 뵙게 될 테니 책을 읽듯이 젊은 패리스 백작의 얼굴을 잘 살펴보고 아름다움의 붓 끝이 그려 놓은 기쁨을 찾아내 봐라. 얼굴 생김생김이 모두 조화를 이루어 구석구석이 서로 돕고 있으니, 그 아름다운 책에 안 나타난 점은 눈이라는 여백에서 찾아보아라. 제본이 안 된 애인이라고나 할까, 이 소중한 사랑의 책은 표지만 붙이면 그 분의 아름다움은 완성되지. 바다에는 물고기들이 살고 있는 거야. 눈에 보이는 아름다움은 눈에 보이지 않는 아름다움을 속에다 감추고 있는 것이 큰 자랑거리지. 많은 사람의 눈에 칭송받을 만한 책이란 황금의 표지 안에 황금의 이야기를 담고 있는 책이라고. 그러니 그 분을 남편으로 모시면 넌 조금도 줄어들지 않은 채 그 분 것은 모조리 네 것이 되는 게야.

유모 줄어들다니, 웬걸요! 여자란 남편을 모시면 몸이 불어요.

캐퓰리트 부인	간단히 말해봐라. 패리스 백작을 사랑할 수 있겠니?
줄리엣	만나보고 나서 정이 들도록 노력하겠어요. 이 눈이 마음을 움직일 수만 있다면 말이지요. 그렇지만 제 눈은 어머님이 승낙하시는 곳까지만 보고 그 이상은 보지 않겠어요.

🍀 *하인이 등장한다.*

하인	안주인님, 손님들이 오셨어요. 식탁은 모두 준비되었고, 주인께서 안주인님을 부르시며, 안에선 젊은 아가씨를 찾고, 식품 창고에선 유모를 욕해요. 그러니 온통 뒤죽박죽이지요. 전 가서 접대해야겠어요. 제발, 빨리 가보세요.
캐퓰리트 부인	곧 가겠다. *(하인이 퇴장한다.)* 줄리엣, 백작이 기다리고 있어.
유모	자, 아가씨, 행복한 낮과 함께 행복한 밤도 찾으세요. *(모두 퇴장한다.)*

1막 4장

캐퓰리트 저택의 바깥.

🍀 *로미오, 머큐쇼, 벤볼리오, 가면을 쓴 사람 대여섯 명, 횃불을 든 사람들, 그 외의 일행이 등장한다.*

로미오	그런데 무슨 변명을 늘어놓고 들어가지? 아니면, 그냥 무작정 들어갈까?
벤볼리오	그런 수작을 부릴 때는 지났어. 큐피드를 흉내 내서 수건으로 눈을 가린 채 타타르Tartar인의 얼룩덜룩한 장난감 활을 들고 허수아비처럼 부인들을 놀라게 할 필요는 없어. 게다가 등장할 때 휘장 뒤에서 읽어주는 걸 간신히 따라 외는 식의 서론 따위도 그만두라고. 저쪽에서 멋대로 생각하도록 내버려둔 채 우린 한바탕 춤이나 추고 나오자.
로미오	횃불을 이리 줘. 난 기분이 안 내켜. 난 심정이 침울하니까 횃불이나 들고 있겠어.

머큐쇼	그래선 안 되지. 이봐, 로미오, 넌 반드시 춤을 춰야해.
로미오	싫어. 정말이야. 넌 바닥이 가벼운 무도용 구두를 신고 있지만, 내 마음의 밑바닥은 납덩어리처럼 땅에 찰싹 달라붙어서 난 옴짝달싹도 할 수 없다 이거야.
머큐쇼	넌 애인이야. 그러니까 큐피드 Cupid의 날개라도 빌려서 하늘 높이 훨훨 날아 보라고.
로미오	난 큐피드의 화살에 하도 깊이 관통되어서 그의 가냘픈 날개로는 도무지 날아 갈 수가 없단 말이야. 게다가 너무나도 꽁꽁 묶여 있으니 이 괴로움을 뛰어넘을 수도 없어. 난 사랑의 무거운 짐에 깔려 가라앉을 뿐이야.
머큐쇼	네가 그 짐에 깔려 가라앉는다면, 오히려 사랑이 짐만 되겠군, 그래. 그렇다면 가냘픈 사랑에게는 너무 벅찬 짐이 되겠군.
로미오	사랑이 가냘프다고? 사랑은 너무 난폭하고, 너무 억세며, 너무 소란스럽고, 가시처럼 찌르는 거야.
머큐쇼	사랑이 네게 난폭하면 너도 사랑을 난폭하게 다루면 되지. 사랑이 찌른다면 너도 찌르고, 그래서 때려눕히는 거야. 내 낯짝에 씌울 테니 그 가면을 이리 줘. 광대 같은 낯짝에 이 가면이 다 무슨 상관이 있어? 못난 낯짝을 뚫어지게 볼 테면 보라고 해. 불룩 튀어나온 가면의 이마빼기가 내 대신 얼굴을 붉힐 테지.
벤볼리오	자, 노크하고 들어가자. 들어가면 즉시 모두 춤을 추자.
로미오	횃불을 이리 줘. 속이 들뜬 놈팡이들이나 속없는 돗자리를 발뒤꿈치로 비벼 대라고 해. 도박꾼들의 속담에 따라 난 촛대를 들고 구경이나 하겠어. 지금 흥이 한창이니, 난 이만 물러가야겠어.
머큐쇼	그만 물러가야겠다니! 이건 경찰 따위의 암호야. 그만 물러가겠다면, 우린 네가 빠져 있는 진흙탕에서 널 끌어내 주겠어. 미안한 말

로미오 : 하긴 우리가 가면무도회에 가는 건 선의에서
나온 거지만, 그다지 지혜로운 처사는 못 되.

이지만, 귀 밑까지 빠져 있는 사랑의 진흙탕에서 말이야. 자, 들어
가 보자. 이봐, 이래가지고는 대낮의 등불 꼴이야.

로미오　아냐, 그렇지 않아.

머큐쇼　내 말은 우물쭈물하고 있으면 대낮의 등불처럼 불이 아깝다는 뜻
이야. 내 말을 선의로 해석해 달라 이거야. 인간의 분별력은 다섯
가지 지혜보다 더 훌륭하게 작용하니까.

로미오　하긴 우리가 가면무도회에 가는 건 선의에서 나온 거지만, 그다지
지혜로운 처사는 못 되.

머큐쇼　어째서?

로미오　난 어젯밤에 꿈을 꾸었거든.

로미오로 분장한 19세기 배우
로버트슨 J.F. Robertson

머큐쇼	꿈이라면 나도 꾸었지.
로미오	그래, 무슨 꿈이었나?
머큐쇼	꿈을 꾸는 사람은 흔히 거짓말을 한다는 꿈을 꾸었어.
로미오	사람들은 자면서 참다운 꿈을 꾼다지.
머큐쇼	아, 그러면 넌 요녀(妖女) 맵 Map 여왕과 동침한 거야. 맵은 요정들의 산파인데, 시의원의 손가락에 번쩍이는 저 보석에 새겨진 형상보다 작은 꼴을 한 채 난쟁이 떼에게 끌려서 잠자는 사람의 코 위를 지나가거든. 맵의 수레는 개암 열매 껍질인데, 아득한 옛날부터 요정들의 수레를 만드는 다람쥐나 좀벌레가 만들었어. 수레

바퀴살은 기다란 거미 다리고, 수레 덮개는 메뚜기 날개며, 굴레는 제일 가느다란 거미줄이고, 목걸이는 물기 어린 달빛이며, 회초리는 귀뚜라미 뼈고, 회초리 채찍의 끝 부분은 엷은 막이며, 마부는 회색 외투를 입은 모기 새끼인데, 그 몸집은 게으름뱅이 계집의 새끼손가락에서 비집고 나오는 포동포동한 꼬마 벌레의 절반도 안 되지. 이렇게 해서 맵은 밤마다 행차하는데, 애인들 머릿속을 통과하면 그들은 사랑의 꿈을 꾸고, 궁중 관리들의 무릎 위를 지나가면 그들은 당장 굽실거리는 꿈을 꾸며, 변호사들의 손가락 위를 지나가면 그들은 당장 보수를 받는 꿈을 꾸고, 아가씨들의 입술 위를 지나가면 그들은 당장 키스하는 꿈을 꾸지. 그런데 맵 여왕은 아가씨들의 입에서 과자 냄새가 난다면서 곧잘 화를 내고 그들의 입술에 물집을 만들어 주지. 때로는 맵이 궁중 관리의 콧잔등 위를 달려가면 그는 관직을 받는 꿈을 꾸고, 때로는 십일조로 바쳐진 돼지의 꼬리로 잠자는 성직자의 코를 간지럽게 하면 그는 월급을 더 많이 받는 꿈을 꾸는 거야. 때로는 병사의 목덜미 위를 달리면 그는 적의 목을 자르는 일을 비롯하여 돌격, 복병, 스페인의 장검들, 게다가 엄청난 축배 등의 꿈을 꾸는가 하면, 즉시 북소리가 들리자마자 벌떡 잠에서 깨어나 깜짝 놀라며 한두 마디 기도를 중얼거린 뒤 다시 잠이 들지. 바로 이 맵이 밤중에 망아지의 갈기도 땋아 놓고, 추한 계집의 머리카락도 떡처럼 뭉쳐 놓곤 하는데, 이게 풀리는 날에는 어마어마한 불행이 닥친다는 거야. 그리고 처녀들이 반듯하게 누워 자고 있을 때 위로부터 짓눌러 무거워도 참는 일에 익숙하게 만들고, 무게를 충분히 떠받치는 여자로 만들어 주는 것도 바로 이 맵의 장난이야. 또한 맵 여왕은 말이야.

로미오 쉿, 쉿! 머큐쇼, 쉿! 넌 쓸데없는 소리만 하고 있어.

머큐쇼	그야 꿈에 관한 이야기니까 그렇지. 이 허무맹랑한 공상에서 나오는 꿈이란 할 일 없는 사람의 머리에서 태어난 아기거든. 공기처럼 속이 비어 있고, 게다가 주책없기로는 방금 북쪽의 얼어붙은 가슴패기에 정을 보내고 있다가도 발끈 성을 내고 휙 돌아서서 축축한 남쪽으로 방향을 돌리고 마는 바람보다 더하지.
벤볼리오	네가 말하는 그 바람이 우리 넋을 빼놓고 있군, 그래. 이제 만찬도 끝났으니 우린 너무 늦게 온 게 될 거야.
로미오	오히려 너무 일찍 왔을 거야. 어쩐지 마음이 설레기만 하거든. 아직은 운명의 별에 걸려 있는 어떤 중대한 일이 오늘 밤의 연회를 계기로 무섭게 활동을 개시하여, 내 가슴속의 싫증난 삶의 기간을 엉뚱한 죽음 같은 흉악한 형벌로 청산해 줄는지도 모르겠어. 그러나 내 앞날의 키를 잡으신 하느님께 내 인생 항로를 맡길 수밖엔 없다! 자, 씩씩하게 들어가자.
벤볼리오	북을 처라. *(모두 안으로 들어간다.)*

1막 5장

캐퓰리트 저택의 홀.

🌿 *악사들이 대기하고 있다. 가면을 쓴 사람들이 등장하여 홀을 돌아서 한쪽에 선다. 하인들이 냅킨을 들고 등장한다.*

하인 1	포트팬 Potpan은 설거지도 거들지 않고 어딜 갔어? 그러고도 접시를 치운다는 거야? 접시를 씻는다니!
하인 2	손님 접대는 한두 사람이 다 해야 하고, 게다가 손은 씻지도 않았으니 그야 더러울 수밖에 없어.
하인 1	의자는 접어서 치우고 찬장은 들어내며, 접시들은 잘 간수해. 이봐, 수정과는 좀 꼭 남겨 둬. 그리고 제발 문지기한테 가서 수전 그라인드스톤 Susan Grindstone과 넬 Nell을 안으로 보내달라고 전해 줘. 이봐, 앤토니, 그리고 포트팬!
하인 3	이봐, 여기 있어.
하인 1	대청에서 널 찾고, 부르고, 청하고, 그리고 수색하고 야단들이야.
하인 4	한꺼번에 여기 있고 저기 있고 할 수야 없지. 자, 기운을 내자. 잠시 일하고 오래 살고나 봐야지. (하인들이 퇴장한다.)

🌸 *캐퓰리트와 줄리엣, 그리고 그 친척들이 등장하여 남녀 손님들과 가면 쓴 사람들을 맞이한다.*

| 캐퓰리트 | 어서 오십시오, 여러분! 발가락이 부르트지 않은 아가씨들이 여러분과 춤을 추어 줄 거요. 자, 아가씨들! 여러분 가운데 누가 춤을 추지 않을 거요? 얌전빼는 아가씨는 발이 부르터 있을 거요. 안 그래요? 잘 오셨습니다. 여러분! 나도 한창 때는 가면을 썼고, 미녀의 귀에 달콤한 얘기를 속삭였지요. 다 지나간 옛날 일이지. 옛날 일이고말고. 잘들 오셨습니다, 여러분! 자, 악사들은 연주를 시작해라. 자리를 넓혀라, 넓혀. 처녀들은 춤을 추시오. (*음악이 연주되고 춤이 시작된다.*) 이봐, 불을 더 밝혀. 탁자들은 치우고 난롯불은 꺼. 실내가 너무 더워졌어. 아, 뜻밖에도 흥겨운 연회가 되었 |

어. 그런데 캐퓰리트 가문의 어른, 앉으세요. 앉으시라니까요. 어른과 나는 춤출 때가 지났지요. 어른하고 같이 가면을 쓰고 마지막으로 춤을 춘 지 몇 년이나 지났지요?

캐퓰리트 집안 30년은 분명히 됐을 거요.

캐퓰리트 원, 무슨 말씀을! 그렇겐 안 됐어요, 그렇겐 안 됐다고요! 루센시오의 결혼식 이후의 일이니까 성신 강림 축일이 아무리 빨리 닥친다 해도 아마 25년 정도일 거요. 우린 그때 가장 무도회에 참석했었지요.

캐퓰리트 집안 더 되요, 더 돼. 지금 그의 아들놈이 그보다는 나일 더 먹었거든요. 서른 살이라고요.

캐퓰리트 그럴 리가 있어요? 2년 전만 해도 그 애는 아직 미성년자였지요.

로미오 *(하인에게)* 저기 저 기사의 손을 빛내주고 있는 부인은 누구냐?

하인 모르겠어요.

로미오 아, 저 여자는 횃불에게 더 밝게 타도록 가르치고 있다! 저 여자는 에티오피아 여인의 귀에 달린 값비싼 보석처럼 밤의 뺨에 걸려있는 것만 같아. 그 아름다움은 사용하자니 너무 값지고 속세에 넘겨주자니 너무 아깝다! 저 여자가 동료들을 압도하는 모습을 보라. 까마귀 떼에 섞인 백설 같은 비둘기가 저럴 테지. 저 여자가 서 있는 곳을 잘 보아두었다가 춤이 끝나면 지저분한 이 손으로 그곳을 만져 보자. 그러면 얼마나 기쁠까! 내 마음이 여태껏 연애를 하고 있었다고? 두 눈아, 그걸 부정해라! 나는 오늘 밤에야 비로소 진짜 아름다움을 보았어.

티볼트 저 목소리는 틀림없이 몬터규 족속의 목소리야. 애, 내 칼을 가져와. *(그의 시동이 퇴장한다.)* 이 망할 놈! 가면을 쓰고 와서 우리 연회에 망신살이 뻗치게 할 작정이냐? 우리 가문의 명예를 위해서

캐퓰리트 가의 무도회 _ 안토니 워커 작

저 자식은 패 죽여도 괜찮아.

캐퓰리트   얘야! 넌 왜 그렇게 화를 내느냐?

티볼트   숙부님, 저건 우리 원수 몬터규 집 놈이에요. 망할 자식이 오늘 밤 연회에 와서 망신살 뻗치게 하려고 뻔뻔스럽게 온 거라고요.

캐퓰리트   로미오 청년 말이냐?

티볼트   예, 그 로미오 놈이에요.

캐퓰리트   얘야, 잠자코 내버려둬. 저 애는 품행이 좋아. 사실 베로나에서는 저 애가 자랑거리야. 매우 훌륭하고 점잖은 청년이지. 베로나의 모든 재산을 준다 해도 나의 집에서 저 애를 해칠 수는 없어. 그러니 참고 못 본 척해라. 이게 나의 뜻이야. 나의 뜻을 존중한다면 좋은 낯을 하고 이맛살을 펴라. 지금 네 얼굴은 연회에 적절치 않으니까.

티볼트	저런 망할 자식이 와 있으니까 제 얼굴이 적절치 않을 것도 없어요. 전 못 참겠어요.
캐퓰리트	내버려 둬. 아니, 내버려 두라니까! 도대체 주인이 나냐, 아니면, 너냐? 저런, 내버려 둘 수 없다고? 원, 별 꼴을 다 보겠다! 손님들 앞에서 난장판을 벌이겠다니! 뒤죽박죽을 만들겠다니! 정, 그래 볼 테냐?
티볼트	하지만 숙부님, 이건 치욕이에요.
캐퓰리트	저런, 저런. 이놈이 버릇도 없이 구는군. 이게 치욕이라고? 그러다가는 네게 재앙이 닥칠 게야. 기어이 나의 뜻을 거스르겠다니! 어처구니가 없군. 그거, 참! 건방진 놈 같으니. 글쎄, 잠자코 있으라니까! 불을 더 밝혀라, 불을! 남부끄럽다! 이놈, 혼을 내줄까 보다. 자, 여러분, 흥겹게 즐기세요!
티볼트	억지로 참자니 내 성미에 맞지 않아 사지가 떨리는군. 나는 물러가겠어. 하지만 이번 침입이 당장은 달콤하겠지만 머지않아 쓰디쓴 맛으로 변할 게야. (티볼트가 퇴장한다.)
로미오	(줄리엣의 손을 붙잡고) 비천한 나의 손으로 이 거룩한 성당을 더럽히고 있다면, 그 점잖은 죄의 보상이란 나의 입술들이 낯을 붉히는 두 순례자처럼 대기한 채 점잖게 키스로 그 추한 자국을 씻어 버리는 것이지요.
줄리엣	착한 순례자여, 그건 당신 손에 지나친 모욕이 되요. 당신 손은 몹시 점잖게 신앙심을 드러내고 있거든요. 성자의 손은 순례자가 거기 손을 대기 위해 있는 것이고, 손바닥을 마주 대는 것이 거룩한 순례자들의 키스에요.
로미오	성자들도 거룩한 순례자들도 입술이 있지 않겠어요?
줄리엣	아, 순례자여, 그건 기도를 바치기 위한 입술이에요.

로미오 : 아, 그러면 성녀여, 손으로
하는 키스를 입술이 하도록 해주세요.

로미오	아, 그러면 성녀여, 손으로 하는 키스를 입술이 하도록 해주세요. 입술이 기도하니까 허락해 주세요. 신앙이 절망으로 변하면 안 되니까요.
줄리엣	성자들은 마음이 움직이지 않아요. 비록 기도를 들어주는 일이 있다 해도 말이에요.
로미오	그렇다면 내가 기도의 효험을 받는 동안 움직이지 마세요. 이렇게 당신의 입술로 내 입술에서 죄는 씻어지거든요. *(키스한다.)*
줄리엣	그러면 나의 입술이 그 죄를 짊어지게 되요.
로미오	내 입술에서 죄를 넘겨받는다? 오, 달콤한 질책이여! 나의 죄를 되돌려 주세요. *(키스한다.)*
줄리엣	당신은 키스에도 이유를 붙이는군요.
유모	아가씨, 어머님이 잠깐 부르세요.

로미오	저 여자의 어머님이라니?
유모	어머나, 이 총각, 아가씨의 어머니는 이 댁의 안주인이지요. 착하고 얌전한 부인이라고요. 당신이 조금 전에 같이 얘기하신 그 따님은 내가 길렀어요. 아가씨를 얻어 가는 분은 정말 돈 보따리를 안게 될 거요.
로미오	캐퓰리트 집안의 딸이라고? 아, 값비싼 거래다! 내 목숨은 원수에게 저당 잡힌 담보물이 되었어.
벤볼리오	흥이 한창이니 이제 돌아가자.
로미오	글쎄, 그런 것 같아서 난 더욱 불안해.
캐퓰리트	아닙니다, 여러분, 가지 마세요. 조촐한 다과도 마련해 놓았거든요. (가면 쓴 사람들이 캐퓰리트의 귀에 대고 속삭이며 사과한다.) 정 그러시겠어요? 그렇다면 모두 고맙군요. 여러분, 감사합니다. 안녕히 가세요. 이봐, 횃불을 더 켜라. 자, 그러면 잠자리에 들자. (하인들이 횃불을 든 채 가면 쓴 사람들을 밖으로 배웅한다.) 아니 이런, 정말 밤이 깊었어. 난 이제 자야겠어. (줄리엣과 유모만 남고 모두 퇴장한다.)
줄리엣	유모, 이리 좀 와요. 저기 저 신사는 누구예요?
유모	타이베리오 Tiberio의 외아들이지요.
줄리엣	지금 막 문을 나서고 있는 분은 누구예요?
유모	글쎄요, 페트루치오 Petruchio의 아들 같군요.
줄리엣	지금 그 뒤를 따라 나가는 분은 누구예요? 그는 춤추려고도 안 했어요.
유모	모르겠어요.
줄리엣	유모는 가서 그의 이름을 알아봐줘요. 만약 그가 이미 결혼했다면, 무덤이 나의 신방이 될 거야.

유모 : 손님들은 모두 돌아갔어요.

유모	몬터규 집안의 로미오, 저 원수 집안의 외아들이래요.

줄리엣   나의 유일한 순정이 나의 유일한 증오에서 싹트다니! 모를 때는
보는 것이 너무 일렀고, 알았을 때는 이미 늦었어! 지겨운 원수를
사랑해야만 되다니, 앞날이 염려되는 사랑의 탄생이야!

유모   그게 뭐지요? 뭐냐고요?

줄리엣   같이 춤추던 분에게서 배운 노래예요.

🌺 *안에서 "줄리엣!" 하고 부른다.*

유모   예, 예, 곧 가요! 자, 안으로 들어가요. 손님들은 모두 돌아갔어요.
(두 사람이 퇴장한다.)

프롤로그

Prologue 🐦 *해설자 등장한다.*

해설자　　　이제 낡은 욕정은 무덤 속에 누워 버리고

　　　　　　젊고 새로운 애정이 뒤를 이어 입을 벌립니다.

　　　　　　그 미녀를 사랑하여 죽을 듯이 신음했지만

　　　　　　아름다운 줄리엣과 비교해 보니 미인이 아닙니다.

　　　　　　이제는 로미오도 사랑을 주고받으며

　　　　　　서로 미모에 매혹 당합니다.

　　　　　　그러나 그는 이른바 원수 집안의 여자한테 애태워야 하고,

　　　　　　여자도 무서운 낚싯바늘에서

　　　　　　달콤한 사랑의 미끼를 훔쳐야 합니다.

　　　　　　그는 원수의 몸이기 때문에 가까이 다가가서

　　　　　　애인들이 늘 하는 맹세를 속삭일 길이 없습니다.

　　　　　　여자 또한 사모하는 마음은 못지않지만

　　　　　　새로 사귄 애인을 만날 실은 더욱 까마득합니다.

　　　　　　그래도 정열은 힘을, 시간은 기회를 그들에게 주어 만나게 하고

　　　　　　지극한 황홀함은 극도의 위험을 물리칩니다. *(퇴장한다.)*

52 _ 셰익스피어 비극

2막 1장

캐퓰리트 저택의 정원.

🍀 담장의 바깥쪽에는 길이 보이고, 담장의 안쪽에는 캐퓰리트의
저택 이층 창문이 보인다. 로미오가 혼자서 길에 등장한다.

로미오   마음은 여기 있는데 내가 어떻게 이대로 지나칠 수가 있겠는가?
이 흙덩이 같은 육체야, 돌아서서 네 생명의 중심을 찾아가라.

🍀 그는 담장을 기어 올라간 다음 정원에 뛰어내린다. 벤볼리오와
머큐쇼가 길에 등장한다. 로미오는 담장 뒤에서 듣고 있다.

로미오 : 마음은 여기 있는데 내가 어떻게
이대로 지나칠 수가 있겠는가?

벤볼리오	로미오! 이봐, 로미오!
머큐쇼	참! 약아 빠졌어. 잠자려고 분명히 집으로 뺑소니친 게야.
벤볼리오	이 길로 달려와서 이 정원의 담장을 뛰어넘어 갔어. 이봐, 머큐쇼, 좀 불러 보라고.
머큐쇼	아냐, 주문을 외어서 불러내겠어. 들뜬 놈, 미치광이, 번뇌에 빠진 사랑의 포로인 로미오! 한숨짓는 꼴이라도 하고 나와라. 한 가닥 노래라도 해보라고. 그래야 내가 안심이 되잖아. "아아!"라는 소리라도 질러봐. 한마디 '사랑' 이라든지 '비둘기' 라는 말이라도 해봐. 수다쟁이 비너스한테 한 마디 고운 말이라도 해봐. 비너스의 눈먼 맏아들인 저 젊은 아브라함 큐피드 Abraham Cupid에게 별명 하나라도 지어줘 보라니까. 코페취 Cophetua 왕은 그 큐피드 화살에 정통으로 맞아서 거지 계집을 사랑하게 됐잖아! 이 사람아, 안 들리나? 왜 꼼짝달싹도 안 하는 거야? 이 원숭이 놈이 죽

었나? 정말로 주문을 외어야만 하겠군. 자, 수리수리마수리, 로절라인의 빛나는 두 눈에 걸고, 그녀의 저 높다란 이마와 빨간 입술에 걸고, 저 예쁜 발목과 쭉 뻗은 다리와 발발 떠는 넓적다리와 그 여자의 그 어떤 꼼꼼한 데에 걸고 너를 부른다. 자, 너의 본래의 모습으로 여기 나타나라.

벤볼리오   네 말을 들으면 그 놈이 화를 낼 거야.

머큐쇼   천만에. 가령 그 여자의 저 둥근 구멍 속에서 이상야릇한 것을 불러 세워 놓고는 그 여자더러 주문을 외어 그것을 쓰러뜨리라고 한다면, 그 놈이 화를 내겠지. 그렇다면 좀 분할 테니까 말이야. 그러나 내 주문은 정정당당해. 난 그 여자의 이름을 빌려서 그 놈에게 나타나라고 주문을 외고 있는 것뿐이니까.

벤볼리오   자, 로미오는 이슬 진 밤을 찾아 이 나무들 틈에 숨어 버렸어. 사랑에 눈이 멀었으니까 어둠이 가장 알맞을 테지.

머큐쇼   사랑이 눈이 멀었다면, 사랑의 화살은 과녁을 쏘아 맞히질 못할 거야. 지금쯤 그 놈은 비파나무 밑에 앉은 채 자기 애인이 비파열매 같기를 바라고 있을 거야. 처녀들은 비파 이름을 불러 보고는 혼자 웃어대지. 아, 로미오! 그 여자는, 아, 그 여자는 벌어진 비파열매가 되고, 로미오 너는 기다란 배(梨)가 되기를 바랄 테지! 로미오, 그럼 잘 있어. 난 오두막집 침대에 가보겠어. 여기 이 들판 침대는 너무 추워서 잠이 들 수 없거든. 자, 안 갈 텐가?

벤볼리오   그러면 가자. 드러나지 않으려고 숨은 사람은 찾아봐도 헛수고니까. (모두 퇴장한다.)

캐퓰리트 저택의 정원.

로미오   상처 맛을 모르는 놈이나 남의 상처를 비웃는 법이야. *(줄리엣이*
이층 창문에 나타난다.) 하지만, 쉿! 저기 저 창문에서 쏟아져 나
오는 빛은 뭐냐? 저기가 동쪽이고, 그렇다면 줄리엣은 태양이지.
밝은 태양아, 떠올라서 질투장이 달을 죽여라. 달의 시녀인 당신
이 달 자신보다 더 엄청나게 예쁘다고 해서 달은 이미 슬픔에 젖
고 병이 들어 창백해졌지. 제발 달의 시녀 노릇은 하지 마라. 달은
질투장이니까. 달의 처녀 복장은 창백한 초록색이지. 바보 이외에
누가 그걸 입겠어? 벗어버려라. 나의 여인이다. 아, 나의 애인이
다. 아, 저 여자도 그런 줄 알아준다면! 저 여자가 입을 연다. 그래
도 말은 없군. 그러면 어때? 저 눈이 말을 하고 있으니 내가 대답
을 해야겠어. 그건 너무 뻔뻔스럽지. 내게 말을 거는 것도 아닌데
말이야. 온 하늘에서 가장 찬란한 두 별이 볼일이 있기 때문에 저
여자의 두 눈에게 부탁하여 자기들이 돌아올 때까지 하늘에서 대
신 반짝여 달라고 하는군. 만일 저 두 눈과 두 별이 자리를 바꾼다
면 어떻게 될까? 저 밝은 볼은 두 별을 햇빛 아래 등불처럼 무색케
할 테지. 하늘로 간 저 두 눈은 창공에서 한껏 빛날 테니 새들도 밤
이 아닌 술 알고 노래할 거야. 서서 봐, 볼을 손에 기대잖아! 아, 내
가 저 손이 낀 장갑이라면 저 볼에 닿아 볼 수 있을 텐데!

줄리엣   아아!

로미오   저 여자가 말을 한다. 아, 빛나는 천사여, 한 번 더 말해 봐. 오늘

발코니에 서 있는 줄리엣 _ W. 헤더렐 작

밤 내 머리 위에서 빛나는 당신의 모습은 날개 달린 하늘의 전령
이 서서히 흘러가는 구름을 밟고 공중 한복판을 가로지를 때 사람
들이 놀라서 허옇게 뒤집힌 눈으로 쳐다보는 경우처럼 찬란하기
만 하다.

줄리엣   아, 로미오, 로미오! 당신은 이름이 왜 로미오지요? 아버지를 잊어
버리고 그 이름도 버리세요. 아니, 그렇게 못하겠다면, 저를 사랑
한다는 맹세만이라도 해주세요. 그러면 저도 캐퓰리트라는 성을
버리겠어요.

로미오   *(방백)* 좀 더 들어볼까? 아니면, 당장 말을 걸까?

줄리엣   오직 당신의 이름만이 나의 원수예요. 몬터규 가문에 속하지 않
는다 해도 당신은 당신이지요. 몬터규라는 게 뭐야? 그건 손도, 발
도, 팔도, 얼굴도 아니며, 신체의 그 어느 부분도 아니야. 아, 딴 이
름이 되어 주세요! 이름에 뭐가 들어있어? 장미는 다른 이름으로
불려도 똑같이 향기로울 게야. 로미오 역시 로미오라고 불리지 않
는다 해도 그 이름하고는 상관없이 본래의 미덕은 그대로 지니고
있을 게야. 로미오, 그 이름을 버리세요. 그리고 당신의 어느 일부
하고도 상관없는 그 이름 대신에 나 자신을 전부 차지하세요.

로미오   그 말대로 난 당신을 차지하겠어요. 나를 사랑한다는 말만 해준다
면 난 다시 세례를 받아 이제부터 로미오란 이름은 영영 버리겠어
요.

줄리엣   누구예요? 이렇게 어둠 속에 숨어서 남의 비밀을 엿듣다니요?

로미오   내 이름은 댈 수 없어요. 성녀여, 내 이름은 당신의 원수라서 나 자
신에게도 미운 거요. 나는 그걸 종이에 적었다면 갈기갈기 찢어버
리고 싶다고요.

줄리엣   당신 입에서 나온 말을 들은 건 백 마디도 채 안 되지만 그래도 전

로미오와 줄리엣
(각각 18세기 배우. 배리 S. Barry와
로시터 Rossiter 부인)

그 음성을 알아요. 몬터규 집안의 로미오가 아니세요?

로미오 당신이 싫어한다면 그 어느 쪽도 아니지요.

줄리엣 하지만 여긴 어떻게, 뭐하려고 왔나요? 담장은 높아서 기어오르기
도 어렵고, 당신의 입장 때문에 우리 집안사람들에게 들키는 날이
면 이곳은 죽음의 장소잖아요.

로미오 이까짓 담장이야 사랑의 가벼운 날개를 달고 뛰어넘었지요. 돌담
이 어떻게 사랑을 막을 수 있겠어요? 해낼 수만 있는 일이라면 사
랑은 무엇이든 해내니까요. 그러니까 당신 집안사람들도 날 막진
못해요.

줄리엣 하지만 우리 집안사람들에게 들키면 당신은 죽어요.

로미오	아, 그들의 칼 스무 자루보다는 당신의 눈이 더 무섭지요. 당신이 정다운 눈길만 보내준다면 그들의 적대감 따위는 나를 해칠 수 없지요.
줄리엣	무슨 일이 있어도 이곳에선 들키지 마세요.
로미오	한밤의 어둠에 가려 있으니 난 그들 눈에 띄지 않을 거요. 그러나 당신의 사랑을 못 받는다면 차라리 이대로 들켜버리는 게 더 낫겠지요. 당신의 사랑도 없이 지루하게 사는 것보다는 그들의 증오로 죽는 편이 더 낫지요.
줄리엣	누가 안내해서 여길 찾아왔나요?
로미오	사랑이 당신에게 안내했지요. 처음부터 찾아보라고 재촉한 것도 사랑이고, 지혜를 빌려준 것도 사랑이요. 난 눈만 빌려준 셈이지요. 난 수로(水路) 안내인은 아니지만, 당신 같은 보물을 찾는 경우라면 머나먼 바닷물에 휩쓸리는 광대한 해안처럼 먼 곳도 기어이 찾아갈 거요.
줄리엣	제 얼굴이 이렇게 밤의 가면으로 가려져 있으니 망정이지, 그렇지 않다면 이 볼은 수줍은 처녀의 심정으로 빨갛게 달아올랐을 거예요. 오늘 밤 당신이 제 말을 엿들었으니까요. 전 체면도 차리고 싶고, 입 밖에 낸 말도 취소하고 싶어요. 하지만, 체면이여, 안녕히 가세요! 저를 사랑하나요? 물론 그렇다고 하겠지요. 그 말을 믿겠어요. 하지만 아무리 맹세한다 해도 당신은 그걸 깨뜨릴는지도 몰라요. 애인들의 거짓말은 큐피드 신도 비웃는다고 하지요. 아, 그리운 로미오, 저를 사랑한다면 그렇다고 솔직히 말하세요. 너무 쉽게 저를 손에 넣었다고 생각한다면, 전 심통을 부리고 얼굴을 찌푸린 채 당신을 거절할 테고, 당신은 사랑을 애걸할 거예요. 그렇지 않다면 저도 절대로 그렇게 하지 않겠어요. 그리운 몬터규, 사

실 저는 너무나도 사랑하고 있어요. 그러니 당신은 저를 경박한 여자라고 생각하실 거예요. 그렇더라도 저는 서먹서먹한 채 잔꾀를 부리는 여자들보다는 훨씬 더 진실한 여자임을 증명해 보여드리겠어요, 정말이에요. 저의 참다운 사랑의 고백을 저도 모르는 사이에 당신이 엿듣지만 않았더라면 정말 전 좀 더 쌀쌀하게 대했을 거예요. 그러니까 용서하세요. 그리고 들뜬 사랑에서 이처럼 마음을 허락한 것이라고 꾸짖지는 마세요. 밤의 어둠 때문에 이렇게 탄로된 사랑이니까요.

로미오 　줄리엣, 이곳 과일나무 가지들을 모두 은빛으로 물들이는 저기 정결한 달에 걸고 맹세하겠는데 말이에요.

줄리엣 　아, 저 주책없는 달에 걸고는 맹세하지 마세요. 천체의 궤도에서 매달 변하는 달이라서 당신의 사랑도 그처럼 변할까 두렵거든요.

줄리엣 : 아, 저 주책없는 달에
걸고는 맹세하지 마세요.

로미오	그러면 무엇에 걸고 맹세하지요?
줄리엣	맹세는 전혀 하지 마세요. 그래도 기어이 맹세하겠다면 당신 자신에 걸고 맹세하세요. 당신은 제가 우상으로 믿는 신이거든요. 당신을 믿겠어요.
로미오	내 가슴에 사무치는 사랑은 말이지요.
줄리엣	글쎄, 맹세하지 말라니까요. 당신을 만나서 기쁘긴 해도 오늘 밤의 그런 맹세는 싫어요. 이건 어쩐지 너무 무모하고 너무 갑작스러워서, "저걸 봐!" 하고 말할 겨를도 없이 사라져 버리는 번갯불 같아요. 그럼, 안녕히 가세요. 이 사랑의 꽃봉오리는 여름날의 비옥한 바람결에 마냥 부풀었다가 다음번에 만날 때 아름답게 꽃필 거예요. 안녕히 가세요, 안녕히! 달콤한 안식이 제 가슴속과 마찬가지로 당신의 가슴속에도 깃들기를 기원해요!
로미오	아, 나를 이렇게 섭섭한 심정으로 남겨두겠다는 거요?
줄리엣	어떡하면 당신이 오늘 밤 섭섭하지 않을 수 있을까요?
로미오	서로 진정을 모아 사랑의 맹세를 교환하자고요.
줄리엣	제 맹세는 당신이 요청하기도 전에 이미 드렸어요. 그래도 한 번 더 드리고 싶어요.
로미오	그러면 그 맹세를 다시 가져가고 싶단 말인가요? 왜 그러는 거요?
줄리엣	다만 아낌없이 한 번 더 드리고 싶어서 그래요. 하지만 저는 자신이 지니고 있는 애정에 대해 욕심을 부리나 봐요. 제 마음은 바다처럼 한이 없고 애정도 바다처럼 깊어요. 그러니 당신에게 드리면 드릴수록 저에게는 더욱 많아져요. 두 가지가 모두 무한하니까요. 안에서 누가 부르나 봐요. 그럼, 안녕히 가세요. (유모가 안에서 부른다.) 응, 곧 갈게요, 유모! 그리운 몬터규, 변하지 마세요. 잠깐만 계세요. 곧 돌아올 게요. (줄리엣이 안으로 들어간다.)

줄리엣 : 제 마음은 바다처럼 한이 없고 애정도 바다처럼 깊어요. _ J.F. 라고 작

로미오 아, 참으로 행복한 밤이다! 지금은 밤이니까 이게 모두 꿈은 아닐
     까? 너무 달콤해서 사실이 아닌 것만 같아.

     ✿ 줄리엣이 다시 이층 창문에 등장한다.

줄리엣 세 마디만 더 하겠어요, 그리운 로미오. 그러고는 정말 안녕히 가
     세요. 당신의 애정이 진정이고 결혼할 계획이라면, 내일 당신에게
     사람을 보낼 테니 어디서 언제 결혼식을 올릴지 알려주세요. 그
     러면 제 운명을 송두리째 당신 발밑에 내던지고, 당신을 남편으로
     삼아 세계 어느 곳이라도 따라가겠어요.

유모   (안에서) 아가씨!

줄리엣 : 그러면 천 번이고 안녕히 가세요!
_ 엔토니 워커 작

줄리엣	곧 갈게요. 그러나 당신이 그럴 생각이 없다면, 제발 말이에요.
유모	*(안에서)* 아가씨!
줄리엣	곧 갈게요. 이번 일은 없는 걸로 치세요. 그리고 저만 슬픔 속에 내버려두세요. 어쨌든 내일 사람을 보낼게요.
로미오	천지신명에게 걸고 맹세하는데 말이에요.
줄리엣	그러면 천 번이고 안녕히 가세요! *(줄리엣이 들어간다.)*
로미오	당신의 빛을 잃고 나니 천 배나 더 홍이 깨어졌어. 애인을 만나러 갈 때에는 학교에서 공부가 끝나 돌아가는 아이들처럼 기쁘지

만, 애인과 헤어질 때는 침울한 표정으로 학교에 가는 것과 같아.

🦋 줄리엣이 또 다시 이층 창문에 등장한다.

줄리엣	쉿, 로미오, 쉿! 아, 매사냥꾼의 목소리로 저 수컷 매를 다시 불러 들이면 얼마나 좋아! 갇혀 있는 몸이니 큰소리로 부를 수도 없어. 그렇지만 않다면, 나는 로미오의 이름을 자꾸 불러서 저 메아리 신이 사는 동굴을 무너뜨리고, 공중에 울리는 그 신의 산울림이 내 목소리보다 더 쉬게 해놓을 수 있을 거야.
로미오	내 영혼인 그녀가 내 이름을 부른다. 밤에 듣는 애인의 목소리는 은방울 소리처럼 상쾌하게 들리기만 한다!
줄리엣	로미오!
로미오	예, 나의 애인!
줄리엣	내일 몇 시에 사람을 보낼까요?
로미오	아홉시에요.
줄리엣	꼭 보낼게요. 그때까지는 20년이나 되는 시간처럼 기다려질거예요. 그런데 당신을 왜 불렀는지 깜빡 잊었어요.
로미오	그게 다시 생각날 때까지 난 여기 이렇게 서 있겠어요.
줄리엣	그럼 당신이 거기 그대로 서 있도록 하기 위해 저도 그냥 잊어버리고 있겠어요. 당신 곁에 있어서 참으로 기쁘다는 것만 생각하고요.
로미오	당신이 그냥 잊어버리고 있도록 하기 위해 나도 이곳 이외의 다른 곳은 모두 잊어버린 채 이대로 서 있겠어요.
줄리엣	벌써 날이 새나 봐요. 이젠 돌아가세요. 하지만 장난꾸러기의 새보다 더 멀리 가지는 마세요. 장난꾸러기는 손에서 새를 좀 늦추

어 놓았다가도 하도 귀여워하는 바람에 새의 자유가 샘이 나서 사슬에 얽힌 불쌍한 죄수처럼 비단실을 다시 잡아당기거든요.

로미오　　나는 당신의 그 새가 되고 싶군요.

줄리엣　　저도 같은 생각이에요. 하지만 너무 귀여워하다간 죽이고 말지도 몰라요. 안녕히 가세요, 안녕히! 헤어지기가 이처럼 달콤하고도 슬프니 날 샐 때까지 줄곧 작별인사 말만 하겠어요.

로미오　　당신의 두 눈에는 잠이, 가슴속에는 평화가 깃들기를 기원해요! 난 그 잠이 되고 평화가 되어 고요히 당신 안에 깃들고 싶다고요! *(줄리엣이 들어간다.)* 이 길로 신부님의 숙소를 찾아가서 도움을 청하고 나의 행운을 알려야겠어. *(로미오가 퇴장한다.)*

2막 3장

로렌스 신부의 숙소.

🌼 *로렌스 신부가 혼자 바구니를 들고 등장한다.*

신부　　회색 눈을 한 아침이 얼굴 찌푸린 밤을 향해 미소 짓고 동쪽 구름들을 광선으로 수놓으며, 얼룩진 어둠은 주정뱅이처럼 비틀거리면서 태양신의 수레바퀴로 난 태양의 길에서 흩어지고 있군. 자, 태양이 그 불타는 눈을 부릅뜬 채 대낮에게 기운을 주어 축축한

로렌스 신부

밤이슬을 말려버리기 전에, 독초며 귀한 약즙이 들어 있는 꽃잎을
나는 이 바구니에 가득 담아야만 해. 자연의 어머니인 대지는 자
연의 무덤이기도 하고, 자연의 무덤인 그 대지는 또한 자연의 모
태이기도 하지. 보아하니 그 모태에서 다양한 종류의 자식들이 태
어나 다정한 대지의 가슴에서 젖을 빨고 있지. 훌륭한 여러 가지
약효를 지닌 것이 적지 않을 뿐만 아니라, 어느 것 하나 어떤 약효
를 지니지 않은 것이 없고, 또한 그 약효는 모두 각양각색이지. 아,
초목이든 돌이든 가릴 것 없이 그 본질 속에는 신기한 약효가 들
어 있어. 세상엔 아무리 흉한 것이라 해도 무엇인가 특수한 약효
를 세상에 주지 않는 것이 없고, 또한 아무리 좋은 것이라 해도 그
용도를 그르치면 본성에 위배되어 악용의 해를 면치 못하는 법이

지. 미덕도 잘못 사용되면 악덕으로 변하며, 악덕도 활용하기에 따라서는 이득이 될 수 있지. *(로미오가 등장하여 엿듣는다.)* 무기력한 이 꽃봉오리 속에는 독도 들어 있지만 약효도 들어 있지. 냄새를 맡으면 신체의 각 부분이 거뜬해지지만 맛을 보면 온갖 감각은 심장과 함께 딱 멎어. 아니, 초목의 경우뿐만이 아니라 인간의 내면에도 미덕과 악덕이라는 두 군주가 항상 진을 치고 있으며, 악덕이 우세하면 인간이라는 나무는 죽음이라는 벌레에게 당장 잡아먹히고 마는 법이지.

로미오   신부님, 밤새 안녕하세요?

신부   축복을 받으시오! 아침 일찍 이렇게 반갑게 나를 찾아온 분은 누구신가? 아, 누구라고! 아니, 젊은이가 이렇게 일찍 잠자리에서 일어난 걸 보니 네 마음이 괴로운가 보군. 늙은이들의 눈은 모두 근심 때문에 밤을 새우는데, 근심이 있는 곳에는 잠이 없게 마련이거든. 반면에 근심 걱정이 없는 젊은이가 사지를 펴는 곳에는 황금의 잠이 지배하는 법이야. 그러나 이렇게 일찍 일어난 걸 보니 분명히 넌 어떤 근심 때문에 잠을 자지 못했어. 그렇지 않다면 우리 로미오는 지난밤에 잠자리에 들지 않았던 게지. 어때, 맞았지?

로미오   예, 자지 않았어요. 하지만 잠보다 더 달콤한 안식을 누렸지요.

신부   하느님, 맙소사! 그러면 로절라인과 함께?

로미오   로절라인과 함께요? 천만예요, 신부님. 전 그 이름도, 그 이름이 주는 고민도 잊어버렸어요.

신부   그거 잘했어. 그래, 이딜 기 있었느냐?

로미오   다시 물으시기 전에 이야기하지요. 사실은 원수 집안의 연회에 갔었는데, 난데없이 나에게 상처를 준 사람이 있었고, 나도 그 사람에게 상처를 주었지요. 그런데 우리 두 사람의 치료는 신부님의 도움과 거룩한 의술에 달려 있어요. 신부님, 제가 원한을 품고 있어서 그런 건 아니에요. 신부님, 저의 애원은 원수에게도 약이 되거든요.

신부 애, 솔직하고 분명하게 말해. 막연하게 고백하면 막연한 용서밖에 못 받아.

로미오 그러면 있는 그대로 얘기하지요. 부유한 캐퓰리트 집안의 예쁜 딸에게 저는 사랑의 순정을 바쳤어요. 제가 사랑하듯이 저쪽에서도 저를 사랑해요. 모든 인연은 맺어져 있으니까 신부님은 하느님 앞에서 결혼식의 주례만 서주세요. 우리가 언제 만나 어디서 사랑을 속삭이고 어떻게 맹세했는지에 관해서는 차차 말씀 드리겠지만, 제발 우리가 오늘 결혼식을 올리게 해주세요.

신부 아, 위대하신 성 프란체스코여! 이게 웬 변화란 말인가! 네가 그토록 사랑하던 로절라인을 이렇게 쉽게 잊었단 말이냐? 젊은이들의 사랑이란 과연 마음속에 있지 않고 눈 속에 있는가 보군. 아, 기가 막혀 말이 안 나온다! 로미오, 너는 로절라인 때문에 그 창백한 뺨을 얼마나 많은 짠 눈물로 씻었단 말이냐! 맛을 잃고 싱거워진 사랑에 간을 맞추려고 얼마나 많은 짠 눈물을 낭비했단 말이냐! 아직도 태양은 네 한숨을 하늘에서 거두어 버리지 않았고, 이전에 네가 '끙끙' 앓던 소리는 아직도 이 늙은이의 귀에서 쟁쟁해. 저걸 봐, 네 볼엔 예전의 눈물 자국이 아직도 씻어지지 않고 남아 있어. 네가 여전히 너 자신이며 저 고민도 너의 고민이라면, 너 자신도 그 고민도 모두 로절라인 때문이 아니었냐? 아니, 넌 사람이 변했느냐? 그러면 이러한 격언이라도 읊어 봐. 사내자식도 못 믿을 세상이니 여자의 타락쯤이야 대수롭지 않다는 격언 말이야.

로미오 로절라인을 사랑한다고 해서 신부님은 툭하면 저를 꾸짖었잖아요.

신부	얘, 사랑하는 것이 나쁘다는 게 아니라 사랑에 넋을 잃었으니까 꾸짖은 거야.
로미오	그리고 사랑을 파묻으라고 하셨지요.
신부	그야 하나를 무덤에 파묻고 다른 하나를 거기서 파내라는 건 아니었지.
로미오	제발 꾸짖진 마세요. 지금 제가 사랑하는 여자는 호의에는 호의로, 사랑에는 사랑으로 보답해 주는 여자라고요. 로절라인은 그렇지 않았어요.
신부	아, 로절라인이 보긴 잘 보았어. 네놈의 사랑은 암기하는 식이라서 글자는 모르는 사랑이었거든. 하여간 가자. 이 줏대 없는 녀석아, 나와 같이 가자. 나도 생각이 있으니 너를 도와주겠어. 이 연분으로 다행히 두 집안의 원한이 진정한 애정으로 돌아서게 될는지도 모르거든.
로미오	아, 어서 가요. 몹시 다급하다고요.
신부	정신 차려서 천천히 가. 급하게 달리면 넘어지니까. *(두 사람이 퇴장한다.)*

광장.

🍀 *벤볼리오와 머큐쇼가 등장한다.*

머큐쇼   제기랄, 로미오 놈은 어디 있어? 어젯밤엔 집에 안 돌아왔나?

벤볼리오   자기 아버지 집엔 안 돌아왔어. 그 자의 하인한테 물어 보았지만
            말이야.

머큐쇼   아, 저 허여멀겋고 무정한 계집, 저 로절라인 때문에 하도 고민하
            는 바람에 그 자는 틀림없이 미쳐 버리고 말거야.

벤볼리오   캐퓰리트 영감쟁이의 친척 티볼트가 로미오의 아버지 집에 편지
            를 보내왔어.

머큐쇼   결투의 도전장일 거야, 틀림없이.

벤볼리오   로미오는 물론 도전에 응할 테지.

머큐쇼   그야 글을 아는 사람이라면 누구나 편지에 응답하는 게 당연하지.

벤볼리오   그게 아니라, 결투의 도전장을 받은 이상 도전에 응하겠다는 답장
            을 쓸 거다 이 말이야.

머큐쇼   아, 불쌍한 로미오! 그 자는 이미 죽은 몸이야. 허연 계집년의 까만
            눈에 찔렸고 귀는 사랑의 노랫가락에 뚫렸는가 하면, 염통 한가운
            데에는 눈먼 소년 궁수 놈의 장난감 화살이 꽂혀 있거든. 이런 놈
            이 티볼트에게 덤빌 수 있겠어?

벤볼리오   도대체 티볼트란 어떤 놈인데 그래?

머큐쇼   고양이들의 임금보다도 한술 더 뜨는 놈이지. 그 녀석은 예의범절

을 제법 잘 지킨다더군. 노래라도 부르는 듯이 시간과 거리와 박자를 맞춰서 싸우는 놈이야. 잠깐 쉬자마자, 하나, 둘, 그리고 셋 하고 말할 때는 대뜸 상대방의 가슴에 칼을 꽂아. 비단 단추를 달고 다니는 백정 놈인데다가 칼 쓰기로는 일류요, 문벌로도 이름난 신사라서 결투에도 일일이 격식을 따진다 이거야! 아, 천하무적의 앞치기, 뒤치기야. 흠, 어때?

벤볼리오　　뭐가?

머큐쇼　　저 되지 못한 말을 괴상하게 떠벌리는 빌어먹을 새끼들, 저 신식 말을 주워섬거대는 새끼들 말이야! "거 참, 대단한 칼 솜씨요! 굉장한 분이군요! 참 훌륭한 똥갈보군요!" 등등 말이야. 이봐요, 영감, 한탄할 일이 아니겠어? 저 아니꼬운 파리 새끼들한테 우리가 이렇게 시달려야 하다니, 글쎄, 원. 저 멋쟁이 놈들, 유행이나 쫓고 있는 자식들, 줄곧 새 것만 찾는 주제에 헌 걸상엔 뼈가 아파 편히 앉을 수도 없다니! 아이고, 저런, 저런!

　　🌸 로미오가 등장한다.

벤볼리오　　로미오가 와. 마침 로미오가 이리 온다고.

머큐쇼　　저 얼빠진 꼴은 고니 빠진 건청어 꼴이야. 아, 저 놈을 좀 보라고. 왜 저렇게 생선 꼴이냐 이거야! 자기는 페트라르카 Petrarca 못지 않게 사랑의 시를 짓는다지. 페트라르카의 애인 로라 Laura도 자기 애인에 비하면 부엌데기라지. 하지만 로라의 애인은 서 놈보다 훨씬 탁월한 시인이었어. 그뿐인가? 저 놈은 자기 애인에 비하면 다이도 Dido도 추녀밖에 안 되고, 클레오파트 Cleopatra라는 깜둥이 계집과 헬렌 Helen과 히로 Hero는 더러운 창녀며, 푸른 눈

머큐쇼로 분장한
18세기 배우 도드 James William Dod

인가 뭔가를 가졌다는 티스비 Thisbe 역시 명함도 못 낸다는 거
야. 로미오님, 봉 주르 Bon jour! 네 바지가 프랑스식 나팔바지니
까 인사도 프랑스식으로 해야 격이 맞을 거야. 그런데 넌 어젯밤
지독하게 우릴 골탕 먹였어.

로미오   두 친구 모두 잘 지냈나? 내가 무슨 골탕을 먹였다는 거야?

머큐쇼   그렇고말고. 골탕 먹인 생각이 안 나?

로미오   미안해, 머큐쇼. 난 워낙 중대한 일이 있어서 그랬어. 그런 경우엔
        좀 실례해도 되는 거야.

머큐쇼   그건 너하고 같은 경우에는 나더러 무릎을 꿇고 굽실거리란 말과
        같아.

로미오   그건 절을 하는 거야.

머큐쇼   그거 어지간히 맞혔군.

로미오   대단히 점잖은 해석이지.

머큐쇼	이래봬도 난 점잖기로는 정화(精華)라고.
로미오	그러면 꽃이란 말인가?
머큐쇼	물론이지.
로미오	하긴 내 구두에도 꽃무늬가 수 놓여 있어.
머큐쇼	맞았어! 그러면 자, 이런 농담을 따라와 봐. 네 구두가 닳아버릴 때까지 말이야. 그때는 구두 바닥이 한 꺼풀 닳아도 농담만은 꼴 보기 좋게 남을 게야.
로미오	그거 정말 꼴 보기 좋게 하나만 남은 농담이다!
머큐쇼	벤볼리오, 좀 노와줘. 나의 재치가 바닥이 났거든.
로미오	너의 재치를 마구 두들겨 패라. 두들겨 패라고. 안 그러면 난 승부가 결정되었다고 소리칠 테야.
머큐쇼	그 바보 야생 거위 쫓아가기와 같은 재치 시합엔 난 손들었어. 너는 그 야생 거위 같은 지혜를 나보다 다섯 배나 더 갖고 있거든. 어때? 바보 거위라고 하니까 입맛이 당기는 거야?
로미오	언젠 네가 그 바보 거위가 아니었어?
머큐쇼	그따위 소리 다시 해봐. 네 귀를 깨물어 줄 테니까.
로미오	착한 거위야, 제발 깨물지는 마라.
머큐쇼	네 재치는 짭짤해. 제법 톡 쏘는 양념 같아.
로미오	글쎄, 거위 요리에는 좋은 양념이 아니겠어?
머큐쇼	아, 이건 양가죽 같은 재치야. 한 치를 한 자로 늘이는군.
로미오	그럼 실컷 좀 늘여 볼 테야. 글쎄, 거위 얘기가 나왔으니 말인데, 아무리 봐도 넌 천하에 둘도 없는 바보 거위라고.
머큐쇼	이봐, 사랑 때문에 끙끙 앓는 것보다는 낫지 않겠어? 넌 오늘 아주 제법이야. 그래야지. 우리 로미오가 오늘은 어느 모로 보나 제정신이 들었어. 사랑에 군침을 흘리면서 몽둥이를 구멍 속에 감추려

고 축 늘어진 채 오르락내리락 뛰어다니는 놈이란 바보지 뭐야.

벤볼리오   그만해, 그만하라고!

머큐쇼   남의 의사도 무시하고 이야기를 그만두라는 거야?

벤볼리오   그냥 뒀다간 이야기가 한이 없겠어.

머큐쇼   아, 넌 나를 잘못 봤어. 난 짧게 할 작정이었거든. 사실 내 이야기
도 바닥이 났으니까 더 이상 늘어놓을 생각도 없어.

🍀 치장을 잘한 유모가 하인 피터를 데리고 가까이 오는 것이 보
　인다.

유모 : 원, 별 사람 다 보겠네! 무슨 사람이 이래요?

로미오	그거 잘됐어!
머큐쇼	배다, 배!
벤볼리오	두 척이야, 두 척! 바지와 고쟁이야.
유모	피터!
피터	예!
유모	내 부채를 이리 줘.
머큐쇼	피터, 유모는 얼굴을 가리려는 게야. 부채가 자기 얼굴보다 더 아름답거든.
유모	여러분, 아침인사 드리겠어요.
머큐쇼	아침은 벌써 지났다고요, 부인.
유모	시간이 벌써 그렇게 되었나요?

머큐쇼	그럼요. 저 음탕한 해시계의 손이 지금 정오의 그 대목을 꼭 누르고 있거든요.
유모	원, 별 사람 다 보겠네! 무슨 사람이 이래요?
로미오	부인, 저 놈은 자기 자신을 부수려고 태어난 놈이라고요.
유모	그거 정말 근사한 말솜씨네요. '자기 자신을 부수려고 태어났다'니요? 그런데 여러분, 어딜 가면 저 젊은 로미오를 만날 수 있을는지 가르쳐줄 수 있겠어요?
로미오	그건 내가 할 수 있지요. 하지만 그 젊은 로미오를 만나보면 지금까지 찾고 있는 것보다 더 늙은 사람일 거요. 로미오라는 이름을 가진 사람들 가운데 내가 제일 젊어요. 하기야 이만큼 못난 놈도 없지만.
유모	아, 재미있어요.
머큐쇼	아니, 못났다고 하는데 재미있다고? 정말 이해도 잘 하시네! 약아빠졌어, 약아빠졌다고!
유모	당신이 로미오라면 제가 조용히 드릴 이야기가 좀 있어요.
벤볼리오	만찬에 초대할 모양이로군.
머큐쇼	토끼다, 토끼! 와, 나왔어!
로미오	뭐가 나왔다는 거야?
머큐쇼	보통 토끼가 아냐. 사순절 잔치에 쓰는 토끼가 아니라, 좀 퀴퀴한 냄새가 나고 낡아 빠져서 쓸모가 없어진 저 토끼, 창녀 말이야.

🌺 머큐쇼가 걸어 나가면서 노래를 한다.

퀴퀴한 냄새가 나는 늙은 토끼,
퀴퀴한 냄새가 나는 늙은 토끼는

사순절에 쓰기에는 매우 좋지.

하지만 퀴퀴한 냄새가 나는 토끼한테

누가 돈을 모조리 쓰겠느냐 이거야.

먹기도 전에 쉬어 버린 토끼거든.

머큐쇼	로미오, 넌 아버지 집으로 돌아갈 거냐? 거기서 만나 식사하자고.
로미오	곧 뒤따라가겠어.
머큐쇼	안녕히 계세요, 부인. *(노래한다.)* "부인, 부인, 부인." *(머큐쇼와 벤볼리오가 퇴장한다.)*
유모	제발, 잘 가요. 잘 가라고. 횡설수설이나 늘어놓다니, 무슨 사람이 저래?
로미오	유모, 저 놈은 자기 혼자 떠드는 소리를 듣기 좋아하지요. 한 달 걸려도 못다 할 말을 일 분만에 모조리 지껄일 거요.
유모	내 욕만 해봐라, 가만 안 둘 테니까. 제까짓 게 힘이 세다 해도 난 스무 명쯤은 당해낼 테야. 내가 못 당한다면 당해낼 사람을 불러오지, 뭐. 망할 자식! 나를 자기 놀림감인 줄 알다니! 나를 백정 놈의 짝인 줄 알다니! *(피터를 보고)* 그런데 넌 어쩌자고 멀거니 서서 구경만 하는 거냐? 사내놈들이 달려들어 마음대로 나를 장난감으로 삼고 있었는데 말이야!
피터	아무도 유모를 마음대로 장난감으로 삼고 있진 않았어요. 그런 일이 있었다면 난 칼을 번개같이 뺐지요. 싸움판이 벌어지고 이쪽에 잘못만 없다면, 정말 칼을 빼는 데에는 남에게 뒤떨어질 내가 아니니까요.
유모	참말로 너무나 분해서 난 온 몸이 부들부들 떨려. 망할 자식! 그건 그렇고, 아까 말씀드린 것처럼 우리 집 아가씨가 저에게 당신을

찾아가 보라고 했어요. 아가씨의 부탁은 저 혼자만 알고 있겠어요. 하지만 흔히 말하듯이 당신이 아가씨를 바보의 천당으로 유혹하겠다면, 그건 이만저만한 행패가 아니라고요. 아가씨는 젊은데 그런 아가씨를 속여서 농락한다면, 그건 정말 어느 여자에게든지 행패라고요. 아주 못된 행패지요.

로미오	유모, 아가씨에게 이렇게 전해 주세요. 유모 앞에서 맹세하지만 말이에요.
유모	아이고! 예, 꼭 그렇게 전하겠어요. 아, 아가씨는 얼마나 기뻐할까!
로미오	유모, 도대체 뭐라고 전하겠다는 거요? 유모는 내 말을 아직 들어 보지도 않았잖아요!
유모	제가 보기에 당신이 정말 신사답게 맹세했다고 전하지요.
로미오	자, 이렇게 전해 주세요. 무슨 수를 써서든지 아가씨는 오늘 오후에 고해성사를 보러 외출하고, 로렌스 신부님의 숙소에서 고해성사를 본 뒤에 나하고 결혼하자고 말이에요. 자, 이건 유모의 수고비예요.
유모	천만에요! 난 한 푼도 받기 싫어요.
로미오	자, 받아 두라니까요.
유모	오늘 오후라고 했나요? 어쨌든, 아가씨가 거기 가도록 하겠어요.
로미오	그리고 유모는 수도원 담장 뒤에서 기다려 주세요. 한 시간 안으로 내 시동(侍童)이 사다리처럼 엮은 줄을 가지고 갈 거요. 그건 밤중에 나를 행복의 절정으로 인도할 줄이지요. 그러면 안녕히 가세요. 잘 부탁해요. 사례는 하겠어요. 아가씨에게 안부 전해 주세요.
유모	하느님의 축복을 받으세요! 그런데 말이에요.
로미오	유모, 할 말이 있나요?
유모	당신 하인은 믿음직한 사람인가요? 속담에도 있지만, 듣는 사람이

없고 두 사람끼리라면 비밀은 새지 않는다잖아요?

로미오　걱정 말아요. 내 하인은 강철처럼 믿음직한 놈이니까.

유모　그건 그렇고, 우리 집 아가씬 정말로 귀여운 아가씨라고요. 아이고! 그것이 참으로 귀여운 소리를 하잖아요. 아, 지금도 시내에 사는 패리스라는 귀족이 자기한테 홀딱 반해 있지만, 가엾게도 자기는 그 사람을 보느니 차라리 두꺼비를 보겠다잖아요. 나는 가끔 아가씨의 노여움마저 사면서 패리스가 미남이 아니냐고 말해 봤지요. 그러나 내가 그런 말만 하면 아가씬 정말로 뱃바닥처럼 안색이 온통 창백해지셨어요, 글쎄. 그런데 저 로즈마리 rosemary 꽃과 로미오의 이름은 같은 글자로 시작하는 게 아닌가요?

로미오　그래요. 그건 왜 물어요? 둘 다 아르(R)로 시작하지요.

유모　어머나, 농담을 하다니! 그건 으르렁거리는 개의 이름에 붙는 글자라고요. 아르 자는 말이에요. 아냐, 그건 다른 글자로 시작할 거야. 나도 알지. 그건 그렇고, 아가씨는 당신의 이름 첫째 자와 로즈마리 꽃을 붙여서 훌륭한 글을 짓고 있거든요. 그걸 당신에게 들려 드릴 수만 있다면 얼마나 좋겠어요?

로미오　아가씨에게 내 안부나 전해 주세요.

유모　예, 천 번이라도 전하겠어요. *(로미오가 퇴장한다.)* 피터!

피터　예, 예.

유머　내 부채를 받아. 앞장서라. 빨리 가자. *(두 사람이 퇴장한다.)*

캐퓰리트 저택의 정원.

🍀 *줄리엣이 등장한다.*

줄리엣 난 아홉 시를 쳤을 때 유모를 보냈어. 반시간이면 꼭 돌아오겠다고 했는데, 혹시라도 그이를 못 만났을까? 그렇진 않을 거야. 아, 절름발이 유모 같으니! 사랑의 심부름꾼들은 생각이 되지 않으면 안 되는 거야. 생각이란 험한 산정에서 그림자를 뒤로 몰아 버리는가 하면 달리는 햇빛보다 열 배나 빨라. 그러니까 사랑의 수레는 날개가 가벼운 비둘기가 끌고, 큐피드는 바람처럼 재빠른 날개가 있는 거야. 지금 태양은 하룻길의 맨 꼭대기에 올라가 있고 아홉 시부터 열두 시까진 꼭 세 시간이 되는데, 유모는 아직도 돌아오질 않잖아. 유모도 정열과 끓어오르는 젊은 피가 있다면 공처럼 재빨리 왔다 갔다 했을 거야. 탁 치면 내 말들이 그이한테 날아가고, 탁 치면 그분 말들이 이리 날아오고 했을 거야. 하지만 늙은 이들은 대개 송장 같아. 다루기도 힘들고, 느리고, 둔하고, 납처럼 창백해. *(유모와 피터 등장)* 어머, 유모다! 아, 착한 유모, 소식은 뭐지요? 그이를 만났나요? 하인은 좀 나가 있으라고 해요.

유모 피터, 넌 문간에 가서 기다려. *(피터가 퇴장한다.)*

줄리엣 자, 착한 유모! 아니, 왜 그렇게 슬픈 표정인가요? 슬픈 소식이라 해도 기쁘게 전해 주세요. 좋은 소식도 그렇게 슬픈 표정으로 전해준다면 음악처럼 달콤한 소식마저 잡치고 말아요.

줄리엣 : 자, 착한 유모! 아니, 왜 그렇게 슬픈 표정인가요?

유모	아, 피곤해. 잠깐만 기다려 줘요. 원, 뼈가 이렇게도 아프다니! 엄 청나게도 뛰어다녔다고요 !
줄리엣	내 뼈를 대신 줄 테니 소식을 말해 줘요. 자, 빨리 말해 봐요. 착한 유모, 빨리요.
유모	맙소사, 성미가 급하기도 해라! 잠깐도 못 기다리겠다는 건가? 이 봐, 내가 이렇게 숨이 차서 헐떡거리는 게 보이지도 않나?
줄리엣	숨이 차다고 말하면서도 숨은 계속 쉬는데 어떻게 숨이 차다는 거 예요? 미적미적 변명하는 것이 변명하는 내용보다 더 길어요. 소 식은 좋은 건가요? 나쁜 건가요? 빨리 대답해 봐요. 그렇다, 아니 다 라고 대답해 보라고요. 자질구레한 이야기는 천천히 들어도 좋

	으니까 말이에요. 빨리 내 속을 시원하게 해줘요. 좋은 소식인가요? 아니면, 나쁜 소식인가요?
유모	참, 아가씨는 바보처럼 골랐어. 아가씬 사내를 고를 줄도 몰라요. 로미오라니! 아니에요, 그 사람은 아니라고요. 그의 얼굴은 그 누구의 얼굴보다 낫고, 다리는 모든 사람의 다리를 능가하며, 또한 손발과 몸은 말할 건 못 되어도 역시 비할 나위 없이 훌륭하다 해도 말이에요. 그는 예의범절의 꽃이라고 할 수는 없지만, 참으로 어린 양처럼 얌전한 건 사실이지요. 아가씨, 빨리 가서 하느님께 정성을 드리세요. 그래, 점심은 들었어요?
줄리엣	아니, 아직 안 들었어. 하지만 그까짓 이야기라면 나도 이미 모조리 알고 있어. 우리 결혼 말이야. 그이가 뭐라고 했어, 응?
유모	아이고, 골치야! 웬 골치가 이렇게 아프단 말이냐! 스무 조각이라도 난 것처럼 골치가 쑤신다고. 게다가 허리도 아프다니. 아이고, 허리야, 허리야! 제기랄, 아가씨 심부름 때문에 이곳저곳 뛰어다니다가 내가 죽게 되었다고요!
줄리엣	몸이 불편하다니 정말 미안해요. 이봐요, 착한 유모, 그이가 뭐라고 했어요?
유모	당신 애인은 점잖은 신사답게 말했지. 얌전하고 친절하고, 미남이며, 참으로 예의바른 신사답게 말했다고요. 그래, 어머님은 어디 계신가?
줄리엣	어머님이 어디 계시냐고 묻다니! 그야 안에 계시지, 뭐. 어디 다른 데 계실 데라도 있어요? 유모의 대답은 정말로 이상해요! "당신 애인은 점잖은 신사답게 말했지. 그래, 어머님은 어디 계신가?" 라니 말이에요.
유모	아이고, 성모님! 그렇게도 몸이 달아올라? 나, 원, 참! 이게 내 뼈가

줄리엣 : 지독하게 뒤죽박죽으로 만드네요! 자, 로미오가 뭐라고 말했지요?

쑤시는 데 대한 약값인가? 앞으로는 아가씨 일은 자기가 직접 하
세요.

줄리엣	지독하게 뒤죽박죽으로 만드네요! 자, 로미오가 뭐라고 말했지요?
유모	아가씨는 오늘 고해성사 보러 외출할 허락을 받아 놓았나요?
줄리엣	그래요.
유모	그러면 빨리 로렌스 신부님의 숙소로 가세요. 거기 남편이 아가씨 를 아내로 삼으려고 기다리고 있거든요. 저거 좀 봐. 두 뺨엔 벌써 저렇게 피가 올라오는군, 그래. 무슨 말만 들어도 금방 빨개지거 든. 빨리 성당으로 가요. 난 줄사다리를 가지러 다른 길로 가봐야 겠어. 밤이 되면 당신 애인은 그 줄사다리를 타고 새의 보금자리

에 올라가게 되지. 난 아가씰 기쁘게 해드리려고 보람도 없이 고생만 해. 하지만 밤이 되면 아가씨가 당장 짐을 떠받들 차례야. 어서 가 봐요. 난 뭘 좀 먹어야겠어. 빨리 신부님 숙소로 가라니까요.

줄리엣 행복을 찾아서 빨리 가자! 착한 유모, 안녕히 계세요. *(모두 퇴장한다.)*

2막 6장

로렌스 신부의 숙소.

🍂 *신부와 로미오가 등장한다.*

신부 하느님, 이 거룩한 예식을 축복하시고 나중에 슬픔으로 우리를 책망하지 말아 주십시오.

로미오 아멘, 아멘! 그러나 어떠한 슬픔이 닥친다 해도 그것은 그녀를 보는 순간 서로 교차하는 기쁨을 능가할 수 없지요. 신부님은 신성한 말씀으로 저희가 손을 마주잡게 해주시기만 하면 되요. 그런 다음에는 사랑을 잡아먹는 죽음더러 무슨 짓이든지 하라지요. 저는 그녀를 나의 것이라고 부르게만 되면 그만이거든요.

신부 그와 같이 격렬한 기쁨은 격렬하게 끝나며, 불과 화약이 서로 닿자마자 폭발하듯이 승리의 절정 속에서 죽는 법이야. 지나치게 단

신부 : 자, 나와 함께 가서 빨리 일을 끝내자.
_ 메더 브라운 작

꿀은 달기 때문에 도리어 싫증나며, 맛을 보면 입맛을 버리지. 그
러니까 사랑은 절도 있게 해야 하지. 오래가는 사랑은 모두 그래.
서두르면 조심해서 가는 것보다 오히려 느리지. 아가씨가 오는군.

🍀 *줄리엣이 등장한다.*

신부   아, 저렇게 가벼운 걸음걸이에는 저 딱딱한 바닥 돌이 조금도 닳
지 않겠지. 연애하는 사람은 여름날 바람에 살랑살랑 흔들거리는
거미줄을 타도 안 떨어질 거야. 사랑의 기쁨은 그렇게 가벼운 것
이니까.

줄리엣	고해신부님, 안녕하세요?
신부	로미오가 우리 두 사람 몫의 인사말을 할 게야.
줄리엣	그러면 로미오도 안녕하세요? 이렇게 안 해 두면 로미오의 인사가 너무 황송해서요. *(둘이 껴안는다.)*
로미오	아, 줄리엣, 당신과 나의 기쁨이 그 분량이 같다 해도 당신의 표현력이 더 우수하다면 제발 당신의 말로 이 근처의 공기를 향기롭게 만들어 주세요. 그리고 지금 이렇게 만나 서로 누리는 꿈같은 행복을 음악처럼 풍요롭게 드러내 주세요.
줄리엣	참된 사랑은 말보다 내용이 더 충실해서 겉치레보다 실속을 자랑으로 삼아요. 가난뱅이나 자기가 가진 돈을 헤아릴 수 있지요. 저의 순정은 너무나 커서 그 절반도 헤아릴 수가 없다고요.
신부	자, 나와 함께 가서 빨리 일을 끝내자. 미안한 말이지만, 신성한 교회가 두 사람을 하나로 결합해주기 전에는 너희끼리만 내버려둘 수 없거든. *(모두 퇴장한다.)*

3막 1장

광장.

🦋 *머큐쇼, 벤볼리오, 그리고 그 하인들이 등장한다.*

벤볼리오 이봐, 머큐쇼, 우린 이제 물러가자. 날씨는 무덥고 캐퓰리트 집안
놈들은 나다니고 있거든. 마주치면 한바탕 싸우지 않을 수가 없
지. 이렇게 더운 날에는 피도 미칠 듯이 끓고 있으니까 말이야.

머큐쇼 술집에 들어서자마자 칼을 탁자 위에 내던지고 "너 같은 건 필요
없어!" 하고 지껄이는가 하면, 두 잔째 술을 마시고 나자마자 접대
하는 사람에게 아무런 이유도 없이 칼을 빼어드는 놈이 있다는데,
네가 바로 그런 놈과 같아.

벤볼리오 내가 그런 놈과 같다고?

머큐쇼 허어, 이탈리아 천지에 너처럼 화를 잘 내는 놈은 또 없을 게야. 금
방 성이 나서 발끈하고, 금방 발끈하여 성을 내거든.

벤볼리오 뭐가 어떻다는 거야?

| 머큐쇼 | 글쎄, 너 같은 놈이 둘만 있다가는 서로 죽일 테니까 둘 다 없어지고 말 거야. 너로 말할 것 같으면, 상대방의 턱수염이 너보다 한 가닥 더 많다거나 더 적다거나 해서 싸울 테지. 넌 호두를 까는 놈만 보아도 네 눈동자가 호두 빛깔이란 이유만으로 싸울 테지. 그야 그런 눈이 아니고서야 어디 그런 시빗거리를 찾아낼 수 있겠어? 네 대가리는 노른자, 흰자로 가득 찬 달걀처럼 싸움으로 가득 차 있으면서도 싸울 때마다 얻어맞는 바람에 곤달걀처럼 곯아버렸어. 언젠가 길거리에서 어떤 사람이 기침을 했는데 그 기침 때문에 햇볕에 졸고 있던 너의 개가 잠이 깼다는 이유로 넌 그 사람과 싸운 적이 있어. 너는 또 재단사가 부활제 이전에 새 웃옷을 지어 입었다고 시비하지 않았어? 또 다른 사람하고는 그가 새 구두에 헌 끈을 맸다고 해서 싸웠지? 그런 주제에 나더러 싸움하지 말라고 충고하다니! |

| 벤볼리오 | 내가 너처럼 싸우기를 좋아한다면 내 목숨은 통틀어서 한 시간 십오 분 어치도 안 돼지. |

| 머큐쇼 | 통틀어서라고? 허어, 기가 막혀! |

🌸 *티볼트, 그 밖의 사람들이 등장한다.*

| 벤볼리오 | 저기 봐. 정말 캐퓰리트 집안 것들이 오잖아. |

| 머큐쇼 | 제기랄, 올 테면 오라고 그래. |

| 티볼트 | 내 뒤에 바싹 붙어 서라. 내가 저것들한테 말을 붙여 볼 테야. 여러분, 안녕하신가요? 당신들 가운데 한 사람하고 한마디 할 이야기가 있지요. |

| 머큐쇼 | 우리들 가운데 한 사람하고 한마디 할 이야기가 있다고? 말을 하 |

려면 제대로 짝을 지어서 해봐. 한마디와 한 바탕이라고 말이야.

티볼트 너희가 기회만 마련해 준다면 그냥 물러설 우리도 아니지.

머큐쇼 우리가 기회를 마련해 주지 않으면 너희가 마련할 순 없나?

티볼트 머큐쇼, 넌 로미오 놈과 짝이 되어 가지고 말이야.

머큐쇼 짝이 되었다니! 아니, 넌 우릴 거지 악사 패거린 줄 아는 거야? 우리를 거지 악사로 쳐도 좋아. 그렇다면 시끄러운 소리를 좀 들려줄 테야. 자, 악기 채다. 춤이나 좀 춰봐라. 망할 자식, 짝이 다 뭐냐!

벤볼리오 여긴 사람들의 왕래가 많은 큰길이야. 어디 조용한 곳으로 물러가서 서로 불만을 차분히 따지든지, 이대로 그냥 헤어지든지 하자. 여기선 모든 눈이 우릴 보고 있거든.

머큐쇼 사람의 눈은 보라고 달린 거야. 마음대로 보라고 해. 나는 남의 비위를 맞추기 위해 물러서기는 싫다, 싫어.

🌿 *로미오가 등장한다.*

티볼트 자, 너하고는 화해하겠어. 이제 저 놈이 나타났으니까.

머큐쇼 저 놈이라니, 목이라도 매고 죽을 일이야. 로미오가 네 종놈의 제복이라도 입고 있단 말이냐? 자, 빨리 싸움터로 나서 봐. 로미오가 널 따라갈 테지. 그래야만 귀하가 로미오를 저 놈이라고 부를 수 있을 게야.

티볼트 로미오, 내가 네놈에게 아첨한다 해도 이보다 더 좋은 말은 할 수 없어. 네놈은 악당이야.

로미오 이봐, 티볼트, 나는 너를 아껴야 할 까닭이 있어서 그 무례한 인사도 참아주겠어. 나는 악당이 아니야. 그러니까 좋게 헤어지자고. 넌 나를 잘 모르는 모양이야.

티볼트	야, 이놈아, 얼마 전에 네가 준 모욕이 그걸로 변명이 될 줄 알아? 빨리 이쪽으로 돌아서서 칼이나 빼라.
로미오	분명히 말하지만 난 너를 모욕한 적이 없어. 오히려 나는 네가 상상도 못할 만큼 너를 사랑하지. 그 이유는 앞으로 알게 될 거야. 그러니까 캐퓰리트, 난 그 이름을 내 이름만큼 소중히 여기는데, 이제 그만 진정하라고.
머큐쇼	아니, 창피하게 뭘 그토록 비위를 맞추고 야단이야? 일격이면 끝장이 날 게 아닌가? *(칼을 뺀다.)* 티볼트, 쥐나 잡는 놈아, 기어 나와 보겠냐?
티볼트	날 어떡하겠다는 거야?
머큐쇼	고양이 족속의 임금 놈아, 네 아홉 개의 목숨 중 하나만 내 마음대로 하자 이거야. 앞으로도 네 태도 여하에 따라서는 나머지 여덟 개마저 때려잡자는 거야. 칼자루를 쥐고 칼집에서 칼을 빼지 않을 거야? 빨리 빼 봐. 빨리 안 빼면 내 칼이 네놈의 귓전에 날아가지.
티볼트	그럼 덤벼 봐라. *(칼을 뺀다.)*
로미오	이봐, 머큐쇼, 칼을 거두어라.
머큐쇼	이게 네놈이 찌르는 솜씨로군, 그래. *(둘이 싸운다.)*
로미오	벤볼리오, 칼을 빼가지고 이것들의 칼을 쳐서 떨어뜨려. 창피하잖아! 이렇게 난폭한 짓은 하지 말라고! 티볼트, 머큐쇼, 베로나의 거리에서 이렇게 싸우지 말라는 영주의 엄명이 있었잖아. 그만 둬, 티볼트! 머큐쇼! *(티볼트가 로미오의 팔 밑으로 머큐쇼를 찌르고 다른 사람들과 함께 달아난다.)*
머큐쇼	어이쿠, 난 다쳤다. 너희 두 집안은 모조리 망해 버려라! 난 가망이 없다. 그놈은 달아나 버렸나? 상처도 하나 안 입고?
벤볼리오	아니, 너 다쳤어?

머큐쇼 : 어이쿠, 난 다쳤다. 너희 두 집안은 모조리 망해 버려라!

머큐쇼	그래, 그래, 저놈이 할퀴었지, 할퀴었어. 그래도 꽤 다친 거야. 내 하인 놈은 어디 있어? 이놈아, 빨리 의사를 불러와. *(시동이 퇴장한다.)*
로미오	이봐, 기운을 차려. 상처는 대단치 않은 거야.
머큐쇼	아냐, 이 상처는 샘만큼 깊지도 않고 성당의 정문처럼 넓지는 않다 해도 상처로는 제법 큰 거야. 내일 나를 찾아보라고. 무덤에서 나 만나 볼 수 있을 테니까. 내가 이제는 정말 세상을 하직하게 되었어. 빌어먹을 두 집안 같으니! 제기랄! 개가, 쥐가, 생쥐가, 아니, 글쎄, 고양이가 다 사람을 할퀴어 죽이다니! 수학 교과서에 적힌

대로 칼싸움하는 허풍선이, 악당, 왈패 놈이 나를 할퀴다니! 제기랄, 넌 도대체 왜 우리 사이에 끼어 든 거야? 난 네 팔 밑에서 찔렸잖아.

로미오   난 모든 사람에게 잘해주려고 했어.

머큐쇼   이봐, 벤볼리오, 어디 근처 집으로 날 좀 데려다 줘. 난 기절할 것만 같아. 너희 두 집안은 모조리 망해 버려라! 그놈들이 날 구더기밥으로 만들어 버렸어. 난 다쳤다, 다쳤어. 이렇게 심하게 말이야. 빌어먹을 너희 두 집안 때문이야! *(벤볼리오가 그를 부축해서 나간다.)*

로미오   영주의 가까운 친척이자 나의 친구인 저 사람은 나 때문에 저렇게 치명상을 입었어. 내 명예도 티볼트의 욕설로 더럽혀져 버렸지. 한 시간 전에 나의 친척이 된 티볼트가 아닌가! 아, 사랑하는 줄리엣, 당신의 미모가 나를 얼간이로 만들었고 강철같이 용감한 내 성격을 무디게 했다니!

🌺 *벤볼리오가 다시 등장한다.*

벤볼리오   아, 로미오, 로미오, 용감한 머큐쇼는 죽었어. 저 늠름한 혼백은 너무나 엉뚱하게 이 세상을 마다하고 구름 위로 올라가 버렸어.

로미오   오늘의 불행은 두고두고 화근이 되지. 이것은 재앙의 시작이며 결말은 나중에 오고 말 테지.

🌺 *티볼트가 다시 등장한다.*

벤볼리오   불같이 화가 나서 티볼트가 돌아오는군.

로미오 : 그건 이 칼이 결정할 문제야.

로미오	이놈, 머큐쇼를 죽이고도 넌 살아서 날뛰다니! 관용이 다 뭐냐? 하늘 높이 팽개쳐 버리자! 그리고 지금은 눈에서 불을 뿜는 분노에 몸을 맡기자! 야, 티볼트, 아까 넌 나를 '악당'이라고 불렀는데, 자, 다시 그렇게 나를 불러라. 머큐쇼의 영혼은 우리들 머리 위 얼마 안 되는 곳에서 너와 함께 가려고 기다리고 있어. 너 아니면 내기, 또는 우리 둘이 모두 그를 따라가야만 해.
티볼트	망할 자식, 여기서 네가 그놈의 짝이었지. 저승에도 같이 보내 주겠어.
로미오	그건 이 칼이 결정할 문제야. *(둘이 싸우다가 티볼트가 쓰러진다.)*
벤볼리오	이봐, 로미오, 빨리 피해! 시민들이 들고 일어났어. 티볼트는 살해

되었고 말이야. 멍하니 서 있지만 마라. 체포되면 영주는 너를 사형에 처할 거야. 빨리 피해, 빨리!

로미오   아, 나는 운명에 희롱당하는 바보다!

벤볼리오   왜 꾸물거리는 거야? *(로미오가 퇴장한다.)*

　　　　　　🐝 *시민들이 등장한다.*

시민   머큐쇼의 살해범은 어디로 도망쳤지? 살인범 티볼트는 어디로 달아났어?

벤볼리오   티볼트는 거기 쓰러져 있어요.

시민   이봐, 일어나서 같이 가자. 영주의 이름으로 너를 체포한다.

　　　　　　🐝 *영주, 몬터규와 캐퓰리트, 이들 두 사람의 부인들, 기타 등장한다.*

영주   이 싸움을 시작한 괘씸한 놈들은 어디 있느냐?

벤볼리오   아, 영주 각하, 이 치명적인 불행한 싸움의 자초지종은 제가 말씀 드리겠어요. 여기 쓰러져 있는 자는 젊은 로미오가 죽였지요. 그리고 각하의 친척인 용감한 머큐쇼는 저 놈이 죽였고요.

캐퓰리트 부인 내 조카인 티볼트! 아, 오빠의 아들아! 아, 영주님! 아이고, 영감! 아, 가까운 일가의 피가 쏟아졌어요! 공정하신 영주님, 우리의 피 값으로 몬터규 집안의 피도 쏟아지게 해주세요. 아, 조카야, 내 조카야!

영주   이봐, 벤볼리오, 이 무참한 싸움은 누가 먼저 시작했느냐?

벤볼리오   여기 쓰러져 있는 티볼트는 로미오의 손에 살해되었지요. 로미오

영주 : 이 싸움을 시작한 괘씸한 놈들은 어디 있느냐?

는 싸움이란 쓸데없는 짓이라고 점잖게 타일렀고 각하의 노여움
을 살 것이라면서 달랬지요. 부드러운 표정을 지어 무릎을 굽혀
가며 점잖은 말로 달랬지만 막무가내로 흥분하여 덤벼드는 티볼
트의 분노를 진정시키진 못했어요. 그런데 갑자기 티볼트가 예리
한 칼을 대담한 머큐쇼의 가슴을 향해 빼들자, 역시 흥분한 머큐
쇼도 흉악한 칼을 빼들고 마구 욕하면서 한 손으로는 싸늘한 죽음
의 칼날을 쳐서 젖히며 다른 손으로는 상대방에게 응수했는데, 티
볼트도 대단한 솜씨라서 되받아쳤지요. 이때 로미오는 "그만 둬,
이 사람들아! 이 사람들아, 이러지 마라!" 하고 큰소리를 치기가
무섭게 날샌 솜씨로 그들의 필사적인 칼날을 젖히고 두 사람 사이
로 뛰어들었지요. 그러자 이때 로미오의 팔 밑으로 티볼트의 흉

측한 칼이 늠름한 머큐쇼에게 치명적인 일격을 가했지요. 티볼트는 일단 달아났다가 금방 되돌아왔는데, 이제는 로미오도 복수심에 불타, 두 사람은 번개처럼 맞붙어 싸웠지요. 그러자 제가 칼을 빼들고 말릴 사이도 없이 늠름한 티볼트는 살해되어 쓰러지고 로미오는 홱 돌아서서 달아나 버렸어요. 이상 사실대로 말씀 드렸어요. 거짓이 있다면 이 벤볼리오를 처형하세요.

캐퓰리트 부인   저 사람은 몬터규 집안의 사람이에요. 그쪽 편을 두둔해서 허위 진술을 하고 있어요. 이 망측한 싸움엔 이십 명이나 대들어서 그 이십 명이 한 사람의 목숨을 빼앗은 거예요. 영주님, 제발 공정하게 판결해 주세요. 로미오는 티볼트를 죽였으니 그를 살려 둘 수는 없어요.

영주   로미오는 티볼트를 죽였고, 티볼트는 머큐쇼를 죽였다. 그러면 머큐쇼의 소중한 피 값은 누가 치를 텐가?

몬터규   영주 각하, 그건 로미오가 아니지요. 로미오는 머큐쇼의 친구였지요. 로미오가 티볼트를 죽인 건 잘못이지만 그는 법률이 처단할 일을 대신했을 뿐이라고요.

영주   그러면 그 죄로 로미오를 당장 추방한다. 나까지 너희 싸움에 말려들어서 너희들의 망측한 싸움 때문에 이렇게 일가의 피를 흘리고 말았어. 그러나 너희가 모두 나의 손실을 후회할 만한 엄벌을 내릴 테다. 간청이나 변명은 일체 들어 주지 않겠다. 울고 빌어도 용서하지 않겠다. 그러므로 그런 수작은 일체 하지 마라. 빨리 로미오를 퇴거시켜라. 그렇지 않고 만일 발각된다면 그것이 그의 마지막인 줄로 알라. 이 시체는 치우고 나의 처분을 기다려라. 살인범을 용서하는 자비는 살인을 조장할 뿐이다. *(모두 퇴장한다.)*

캐퓰리트 저택의 정원.

🌺 *줄리엣이 혼자 등장한다.*

줄리엣　　불타는 다리를 가진 준마들아, 태양의 신 피버스 Phoebus의 숙소인 서해로 빨리 달려가라! 페이튼 Phaeton 같은 마부라면 너희를 서쪽으로 마구 몰아서 당장 캄캄한 밤을 가져다 줄 게야. 사랑의 무대인 밤의 어둠이여, 빈틈없이 휘장을 둘러쳐라. 그래야 방랑자의 눈도 가려져서 로미오가 남의 입방아에도 오르지 않고 남의 눈에도 띄지 않은 채 내 품안에 뛰어들 수 있을 게야. 애인끼리는 자기네 미모를 등불로 삼아 사랑의 행사를 볼 수 있다고 하지. 또는 사랑이 눈이 멀었다면 밤이 안성맞춤이지. 점잖은 밤이여, 안주인처럼 온통 검은 옷을 수수하게 차려 입은 밤이여, 처녀와 총각이 씨름하여 이기고도 지는 법을 빨리 와서 제발 좀 가르쳐 달라. 그리고 나의 두 뺨에서 꿈틀거리는 순정의 피도 너의 검은 망토로 가려라. 그러면 수줍은 사랑도 대담해져서 참된 사랑의 행사를 예사롭게 생각할 게야. 밤이여, 오라! 로미오, 밤을 낮같이 비추시는 당신도 어서 와요! 밤의 날개에 올라탄 당신은 까마귀 등에 새로 쌓인 눈보다 더 흴 테지요. 어서 오라, 정나운 밤이여! 검은 눈썹을 한 사랑하는 밤이여, 어서 와서 나의 로미오도 데려와라. 그리고 그이가 죽으면 네가 받아서 잘게 잘라 작은 별들을 만들어라. 그러면 온 하늘도 참으로 아름답게 빛나게 될 테고, 그래서 온 세

줄리엣으로 분장한
19세기 여배우 테리 Ellen Terry

계도 밤에 매혹되어 저 찬란한 태양을 숭배하지 않게 될 게야. 아, 나는 사랑의 집을 사놓았지만 거기서 살아 보지도 못했으며, 팔린 몸이면서도 아직껏 귀염을 받아 보지도 못했지. 오늘은 참으로 지루한 날이야. 명절 전날 밤에 새 옷을 받아 놓고도 입어보지 못하는 어린애처럼 안타까워. 아, 유모가 이리 오는군. *(유모가 줄사다리를 들고 등장한다.)* 무슨 소식이라도 가지고 왔을 테지. 로미오의 이름만 말하는 입이라면 모두가 천사의 웅변을 하는 입이야. 자, 유모, 무슨 소식이 있나요? 들고 온 건 뭐예요? 로미오가 들고 가라고 지시한 줄사다리인가요?

유모 : 오, 하느님! 나는 상처를 그 남자다운
가슴에서 내 눈으로 보았지.
_ 로버트 스머크 작

유모	그래, 그래, 그 줄사다리지. *(줄사다리를 털썩 내려놓는다.)*
줄리엣	아이, 참! 무슨 소식이지요? 그런데 왜 그렇게 손목을 비트는 거예요?
유모	아, 맙소사! 그 사람은 죽었어. 그 사람은 죽었어, 죽었다고! 아가씨, 우리는 이제 파멸이야, 파멸! 아, 맙소사! 그 사람은 세상을 떠났어, 살해당했어, 죽었다고!
줄리엣	설마 하늘이 그렇게도 무정할 수가 있겠어요?
유모	하늘은 그럴 수가 없어도 로미오는 그럴 수가 있어. 아, 로미오, 로

줄리엣	미오! 그렇게 될 줄을 누가 생각이나 했겠어? 로미오가 그랬다니! 망할 유모 같으니! 왜 그렇게 날 못 살게 굴어? 그런 잔인한 말은 무서운 지옥에나 가서 떠들어요. 그래, 로미오가 자살이라도 했나? '응' 이라고만 해봐. '응' 이라는 그 단 한 마디는 괴룡(怪龍)의 사람을 죽이는 눈보다 더 지독할 테니까. 만일 그런 '응' 이 있다면 나는 이제 끝장이야. 그야 그이가 눈을 감았다면 유모가 '응' 이라고 하겠지. 그이가 죽었다면 '응' 이라고 하고, 그렇지 않으면 '아니' 라고 해요. 유모의 말 한마디로 나의 행복이나 불행이 결정되거든.
유모	오, 하느님! 나는 상처를 그 남자다운 가슴에서 내 눈으로 보았지. 불쌍한 송장, 가엾게도 피 흘리는 송장, 잿빛처럼 파리해지고 온통 피투성이가 되어 전신에 피가 엉겨 붙었지. 난 그걸 보고 기절을 했어요.
줄리엣	아, 내 가슴아, 터져라! 가련하게도 파산한 내 가슴아, 당장 터져버려라! 나의 두 눈은 감옥으로 가고, 다시는 자유를 쳐다보지 마라! 더러운 진흙 같은 내 육체는 흙으로 돌아가 지상에서는 삶을 끝내고, 로미오와 둘이서 하나의 관(棺)에 철썩 누워라!
유모	아, 티볼트, 티볼트! 이 세상에서 제일 친한 나의 친구야! 아, 얌전하고 착한 티볼트! 이 늙은이가 여태껏 살아남아 당신의 죽음을 보게 되다니!
줄리엣	갑자기 거꾸로 불어대는 이건 웬 폭풍이야? 로미오는 살해당하고 티볼트는 죽었다? 나의 가장 사랑하는 사촌 오빠와 그보다 더 사랑스러운 나의 남편이 죽었다는 거야? 그렇다면 무시무시한 나팔아, 최후의 심판의 날을 알려라! 두 분이 죽고서야 누가 남아서 살겠느냐?

유모	티볼트는 세상을 떠났고, 로미오는 추방당했어요. 티볼트를 죽인 로미오는 추방을 당했다고요.
줄리엣	아이고머니나! 로미오의 손이 티볼트의 피를 쏟았다?
유모	그랬지요, 그랬다고요! 아이고, 그랬다고요!
줄리엣	아, 꽃 같은 얼굴에 독사의 마음을 감추고 있다니! 용이 이토록 아름다운 굴을 거처로 삼은 적이 있었던가? 아름다운 폭군! 천사 같은 마귀! 비둘기 깃털을 뒤집어쓴 까마귀! 늑대같이 잔인한 어린 양 같으니라고! 모습은 신과 같으면서도 마음은 천한 근성이 아닌가! 유보는 겉보기 하고는 정반대의 존재, 악마와 같은 성자, 고결한 불한당이야! 아, 대자연이여, 악마의 혼을 세상의 낙원처럼 아름다운 육체 속에 담아 넣느라고 얼마나 애를 썼느냐? 이토록 더러운 내용의 책이 이토록 아름답게 제본된 적이 있던가? 아, 이토록 눈부신 대궐 안에 이따위 허위가 살고 있다니!
유모	사내들이란 진실함도 정직함도 없고 믿을 수도 없어요. 모두 거짓말로 맹세하는가 하면 맹세를 지키지도 않아요. 모두 진실하지도 않고 사기꾼들이지요. 그런데, 내 하인 놈은 어디 갔어? 술을 좀 줘. 이러한 비탄, 이러한 불행, 이러한 슬픔 때문에 내가 늙어버리는 거야. 로미오 자식, 빌어먹을 놈이야!
줄리엣	그렇게 악담하는 유모의 혓바닥은 부르터도 싸요! 그이는 그런 악담을 받을 분이 아니에요. 그이 이마에는 그런 욕설이 부끄러워서 얼씬도 못 해요. 그이 이마는 명예가 천하에서 으뜸가는 제왕처럼 군림할 옥좌라고요. 아, 사람답지 않게도 내가 그이를 책망했다니!
유모	아가씬 자기 사촌오빠를 죽인 그놈을 칭찬할 거요?
줄리엣	내가 나의 남편을 욕할 수가 있겠어요? 아, 가련한 분이여, 세 시간

전에 당신 아내가 된 내가 당신의 명예를 망쳐 놓았으니 무슨 말로 그 명예를 회복시킬 수 있을까요? 그렇지만 나쁜 사람아, 무엇 때문에 내 오빠를 죽였어요? 하지만 그렇지 않았더라면 나쁜 오빠가 내 남편을 죽였을지도 몰라. 미련한 눈물아, 너의 샘으로 돌아가라. 슬픔 때문에 쏟아져야 할 눈물방울들아, 너희는 착각해서 기쁨 때문에 쏟아지고 있는 거야. 티볼트가 죽이려던 내 남편은 살고 내 남편을 죽이려던 티볼트는 죽었어. 이건 하나 같이 모두 기쁨인데 나는 왜 운단 말이냐? 하지만 티볼트의 죽음보다 더 나쁜 말 한마디가 나를 죽였지. 그 말 한마디를 나는 잊어버리고 싶어! 그러나 아, 죄인들의 마음을 흉악한 죄악이 질책하듯이 그 말 한마디는 내 기억에 밀려닥치고 있어. '티볼트는 죽고 로미오는 추방당했다' 고 하는 그 말 한마디가 말이야. '추방당했다' 고 하는 말, '추방당했다' 고 하는 그 말 한마디는 티볼트를 만 명이나 죽인 것과 같아. 티볼트의 죽음, 그것만으로도 너무나도 벅찬 슬픔이야. 그런데 쓰라린 슬픔이 동료들과 어울리기를 좋아해서 반드시 다른 슬픔들을 동반해야만 하겠다면, '티볼트가 죽었다' 고 유모가 말했을 때, 아버지나 어머니나, 아니, 두 분이 모두 죽었다고는 왜 말하지 않았어? 그랬다면 흔해 빠진 통곡만으로 그쳤을 텐데 말이야. 그러나 티볼트가 죽었다는 말끝에 '로미오가 추방되었다' 고 했으니, 그런 말은 아버지, 어머니, 티볼트, 로미오, 줄리엣이 모두 칼에 맞아 죽은 거나 마찬가지야. '로미오는 추방되었다!' 이 말 한마디의 무서운 힘은 밑바닥도 없고 끝도 없으며 한계도 없고 무게를 달아볼 수도 없는 거야. 그런 슬픔을 표현할 수 있는 말이라고는 없어. 그런데 유모, 우리 아버지와 어머닌 어디 계시지요?

유모	티볼트의 시체에 엎드린 채 울고불고 난리지요. 나하고 같이 가보 겠어요? 거기 안내해 드릴 테니까.
줄리엣	부모님은 오빠의 상처들을 눈물로 씻어버리겠지. 부모님의 눈물 이 마르면 내 눈물은 로미오의 추방 때문에 흘려질 거야. 그 줄사 다리는 치워버려요. 가엾은 줄사다리야, 너는 속았어. 너도 나도 모두 속은 거야. 로미오가 유배당했기 때문이지. 그이는 너를 내 침실로 통하는 큰길로 삼을 작정이었지만 숫처녀인 나는 처녀 과 부로 죽을 신세거든. 줄사다리야, 이리 와. 유모도 이리 와요. 나 는 신방으로 가겠어. 그리고 로미오가 아닌 죽음에게 나의 처녀성 을 바치겠어!
유모	아가씨, 빨리 신방으로 가세요. 나는 로미오를 찾아가서 그가 아 가씨를 기쁘게 해주도록 할 테니까. 난 그의 거처를 잘 알고 있거 든. 이봐요, 아가씨의 로미오는 오늘 밤 여기 오게 되어 있다고요. 난 로미오에게 가봐야지. 그는 로렌스 신부님의 숙소에 숨어 있다 고요.
줄리엣	아, 그이를 만나세요! 그리고 그리운 그이께 이 반지를 드리고 마 지막 작별을 하러 꼭 오시라고 전해 줘요. *(두 사람이 퇴장한다.)*

로렌스 신부의 숙소.

🌿 *뒤쪽에 서재가 있다. 신부가 등장한다.*

신부　　로미오, 이리 나와. 겁에 질린 놈아, 이리 나오라고. 재앙이 너의
　　　　재주에 반했는가 하면 너는 불행과 부부의 인연을 맺었어.

🌿 *로미오가 서재에서 나온다.*

로미오　신부님, 무슨 소식이 있지요? 영주의 선고는 뭔가요? 아직 내가 모
　　　　르는 어떤 슬픔이 나하고 사귀고 싶어 하는 거지요?

신부　　애야, 넌 그런 슬픈 벗과 너무나도 가까운 사이가 되어 있어. 영주
　　　　의 선고는 알아 왔어.

로미오　영주의 선고는 사형보다 가벼운 게 아니겠지요?

신부　　그보다 더 관대한 선고가 영주의 입에서 떨어졌어. 사형이 아니라
　　　　추방이야.

로미오　아니, 추방이라니! 제발 자비롭게 '사형'이라고 말해 주세요. 추
　　　　방은 사형보다 훨씬 더 무시무시하게 생겼거든요. '추방'이라는
　　　　말은 하지 말아요.

신부　　넌 베로나에서 추방당한 거야. 꾹 참아라. 세상은 넓고도 광대하
　　　　거든.

로미오　베로나의 성벽 바깥에는 세상이 없고, 오직 연옥과 고문과 지옥

자체만 있지요. 이곳에서 추방된 것은 이 세상에서 추방된 것이고, 이 세상에서 추방된 것은 곧 사형이지요. 그러니까 추방되었다는 말은 사형의 허울 좋은 명칭이에요. 사형을 추방이라고 부르는 건 금도끼로 내 목을 잘라버리는 것, 그리고 그 솜씨에 대해 빙그레 웃는 거라고요.

신부 아, 저런 무서운 죄 될 소리 좀 봐! 아, 저런 흉악한 배은망덕의 말이 다 있다니! 너의 범죄는 국법에 따라 마땅히 사형 감이지만, 인자하신 영주는 네 편을 들어 법을 접어둔 채, 무서운 사형 대신에 추방을 신고한 거야. 이처럼 관대한 자비를 너는 몰라보는 거야.

로미오 그건 고문이지 자비가 아니에요. 줄리엣이 사는 이곳이 천당이잖아요. 모든 고양이와 개, 모든 생쥐들과 하찮은 것들도 천당인 이곳에서 살면서 줄리엣을 볼 수 있지만, 이 로미오에게는 그것이 허락되지 않아요. 이 로미오보다는 썩은 살에 날아드는 파리 떼가 훨씬 더 명예스럽고 사는 보람이 있으며 의젓하지요. 그것들은 줄리엣의 저 하얀 손 위에 앉는가 하면, 순진한 처녀의 순결한 수줍음으로 위 아랫입술이 닿는 것조차 죄스러운 듯하여 항상 빨갛게 물든 그녀의 입술에서 영원한 축복을 훔치지요. 파리들에게마저 허락되는 행복을 이 로미오는 버리고 도망쳐야 하는군요. 그래도 신부님은 추방을 사형이 아니라고 하나요? 이 로미오는 행복을 누리지도 못하고 추방당하는군요. 파리들에게조차 허락되는 행복으로부터 나는 도망쳐야 해요. 파리들이 오히려 자유스럽고, 나는 추방당하는 거라고요. 신부님은 조제한 독약, 날가롭게 벼린 칼, 그밖에 아무리 비겁하다 해도 당장 죽이는 어떤 다른 방법이 없어서 저를 '추방'으로 죽이는 건가요? '추방'이라니! 아, 신부님, 그런 말은 지옥에 떨어진 놈들의 말이며, 그 말에는 아비규환의 울부짖음이 들어있지요. 성직에 몸을 담고 고백성사를 집행하며 죄를 용서해주시는 신부님, 더욱이 세상이 다 알다시피 저의 친구이신 신부님이 어쩌자고 '추방'이라는 말로 내 몸을 토막토막 베어 놓는가요?

신부   어리석게도 그게 무슨 미친 소리냐? 내 말을 좀 들어봐라.

로미오   아이고, 추방 이야기를 또 하시겠지요.

신부   그 말을 막아낼 갑옷을 너에게 주겠어. 네가 비록 추방당했다 해도 너를 위로할 수 있는 것, 역경의 감미로운 우유, 즉 철학을 주겠어.

로미오   여전히 '추방' 이야기잖아요? 철학 따위는 벽에 걸어 두세요! 철학이 줄리엣을 만들어 낼 수도 있고, 도시를 옮겨 놓을 수도 있으며, 영주의 선고를 취소할 수도 있다면 모르지만, 그렇지 못할 바엔 그게 무슨 소용이 있다는 거예요? 그건 도움이 안 돼요. 설득할 수도 없어요. 이젠 더 이상 말씀하지 마세요.

신부   아, 그러면 미치광이는 귀도 없군, 그래.

로미오   물론이지요. 똑똑한 사람들도 눈이 없잖아요?

신부   네 처지에 관해서 논의해 보자.

로미오   신부님은 자기가 직접 느끼지 못하는 일을 말할 자격이 없어요. 신부님도 저처럼 젊은가 하면 줄리엣 같은 애인하고 결혼한 지 한 시간 만에 티볼트를 죽였으며, 저처럼 사랑에 넋이 빠진데다가 역시 저처럼 추방되어 보세요. 그때는 신부님도 말하실 자격이 있고, 머리칼을 쥐어뜯으면서 저처럼 이렇게 땅바닥에 엎어진 채 아직 파놓지도 않은 무덤의 길이를 재보게 될 테니까요. *(무대 뒤에서 노크 소리가 들린다.)*

신부   일어나. 누군가 문을 두드리고 있어. 로미오, 빨리 숨어라.

로미오   싫어요. 이 비통한 신음의 한숨이 나를 둘러싸 사람들의 눈에서

신부	안개처럼 나를 가려 준다면 모르지만, *(다시 노크 소리가 들린다.)* 저거 봐. 노크하고 있다니까! 거 누구요? 로미오, 일어나. 넌 체포되겠어. 잠깐만 기다려요! 일어나라니까. *(더 크게 노크 소리가 들린다.)* 빨리 내 서재로 피해라. 예, 예. 아니, 이게 무슨 바보짓이냐? 예, 갑니다! *(그래도 노크 소리가 들린다.)* 누가 이렇게 심하게 문을 두드리는 거요? 어디서 왔지요? 무슨 일인가요?
유모	*(밖에서)* 이야기할 테니 문을 좀 열어 주세요. 줄리엣 아가씨의 심부름으로 온 사람이에요.
신부	그러면 어서 들어와요.

🌸 유모가 등장한다.

유모	아, 신부님. 아, 말해 주세요, 신부님. 우리 아가씨의 바깥주인은 어디 있나요? 로미오는 어디 있지요?
신부	저기 땅바닥에 엎드려 저렇게 자기 눈물에 취해 있지요.
유모	아이고, 아가씨와 똑같아요. 아가씨가 꼭 저 모양이거든요!
신부	아, 슬픈 마음의 일치지요! 가련한 처지들이라고요!
유모	아가씨도 꼭 저렇게 엎드려서 울고불고 야단법석이지요. 일어나요. 일어나라고요. 사내대장부라면 일어나라 이거예요. 줄리엣 아가씨를 위해서 제발 일어나요. 일어나란 말이에요. 어쩌자고 그렇게 엎드려서 끙끙 앓고 있어요?
로미오	*(일어나면서)* 유모!
유모	아, 예! 아, 예! 어쨌든 죽으면 세상만사 다 끝장이지요.
로미오	유모는 지금 줄리엣이라고 말했나요? 그녀는 어때요? 나는 그녀의 가까운 친척의 피를 흘려서 우리들의 갓 싹튼 행복을 그 피로

로렌스 신부 : 저기 땅바닥에 엎드려 저렇게 자기 눈물에 취해 있지요.

신부 : 그게 무슨 난폭한 짓이란 말이냐! 네가 사내대장부란 말이냐?

더럽혀 놓았으니, 그녀는 나를 상습적인 살인자로 알겠지요? 그녀
는 어디서 뭘 하고 있나요? 나의 숨겨진 아내는 망가져버린 우리
의 사랑에 대해 뭐라고 말하던가요?

유모　　　아, 아가씬 아무런 말도 없이 울기만 하고 있어요. 침대에 쓰러지
　　　　　는가 하면 벌떡 일어나서는 티볼트의 이름을 부르고, 그런 다음에
　　　　　는 로미오의 이름을 불러대고 또 다시 쓰러져요.

로미오　　마치 로미오라는 이름이 백발백중인 대포의 아가리에서 터져 나
　　　　　와 그녀를 죽여 버린 것과도 같군요. 그 이름을 가진 자의 이 빌어
　　　　　먹을 손이 그녀의 친척을 죽인 것처럼 말이에요. 아, 신부님, 말해
　　　　　주세요. 말해 달라니까요. 제 몸의 어느 고약한 부위에 저의 이름
　　　　　이 들어있지요? 말해 주세요. 저의 이 밉살스런 집을 당장 부수어

버릴 테니까요. *(로미오가 칼을 빼어 자기 몸을 찌르려 하자 유모가 단도를 잡아챈다.)*

신부　그게 무슨 난폭한 짓이란 말이냐! 네가 사내대장부란 말이냐? 겉보기로는 대장부 같지만 네 눈물은 여자 꼴이야. 네 미친 짓은 짐승의 무분별한 흥분일 뿐이야. 그럴듯한 남자의 탈을 썼지만 속은 형편없는 여자다 이거야! 아니면, 그럴듯한 인간의 탈을 썼지만 근성은 고약한 짐승이 아니냐! 기가 막혀. 정말이지 네가 그따위 인간인 줄은 몰랐어. 너는 티볼트를 죽였지? 그런데 자살을 하겠다는 거야? 그리고 그런 고약한 짓을 네 몸에 저질러서 너를 생명으로 아는 네 아내까지도 죽이겠다는 거냐? 왜 너는 자기의 출생과 하늘과 땅을 저주하느냐? 출생과 하늘과 땅, 이 세 가지가 서로 조화되어 곧 너라고 하는 인간이 존재하게 되었는데, 너는 그것들을 당장 내팽개치겠단 말이냐? 허허! 너의 용모와 애정과 이성(理性)이 부끄럽지도 않은가 말이야. 구두쇠처럼 이것들을 모두 충분히 구비하고 있으면서 너의 용모와 애정과 이성을 빛내줄 올바른 쓸 곳에는 하나도 쓰지 않다니! 대장부의 용기에서 벗어난다면 네 훌륭한 용모도 밀랍으로 만든 껍데기에 불과해. 네가 맹세한 애정도 네가 사랑하기로 맹세한 그 애인을 죽이는 새빨간 거짓말이야. 용모와 애정의 장식이 될 너의 이성도 이 두 가지의 지도를 잘못하는 경우에는, 미숙한 병사의 화약통 속에 든 화약처럼, 너의 무지 탓으로 불이 붙어 너의 사지들이 너 자신의 무기로 찢어지고 말아. 애, 정신을 차려라! 당장 네가 죽어도 좋을 듯이 사랑한 줄리엣은 살아 있으니 이건 네게 다행한 일이야. 티볼트가 너를 죽일 뻔했지만 오히려 네가 티볼트를 죽였으니 이것도 너의 행복이지. 사형을 내려야 할 국법도 너를 두둔하여 추방으로 결정했으니 이

것 역시 네 행복이지. 축복이 무더기로 네 등에 쏟아지고, 행복의 여신도 화려한 옷차림으로 네게 추파를 보내고 있는 거야. 그런데도 너는 버릇없고 심술궂은 계집애처럼 네 행운과 사랑에게 앙탈을 부려. 조심해라. 조심하라고. 그러다가는 네가 비참하게 죽기 때문이야. 약속한 대로 애인한테 가라. 그녀의 방으로 올라가서 위로해 줘라. 하지만 성문이 닫힐 때까지 여기 머물러 있지 않도록 조심해. 그랬다가는 네가 만투아로 갈 수가 없게 되니까 말이야. 네가 만투아에 가서 거기 머물러 있으면 나는 때를 봐서 너희 결혼을 발표하고 두 집안을 화해시키며 영주의 사면을 간청하고 너를 이리로 불러오겠어. 그때는 네가 비탄 속에서 떠날 때보다 이백만 배나 더 기쁠 게야. 유모는 먼저 가서 아가씨에게 나의 안부를 전해요. 그리고 집안 식구들을 모두 일찍 잠자리에 들게 하라고 아가씨에게 당부하세요. 어쨌든 가족들은 슬픔에 잠겨 있어서 곧 잠이 들 거요. 로미오는 곧 갈 테고.

유모   아이고, 저는 여기서 밤새도록 좋은 이야기를 듣고 싶어요. 아, 학식이란 참으로 대단한 것이군요! 바깥주인께서 곧 오신다고 아가씨에게 전하겠어요.

로미오   그렇게 해요. 그리고 나를 책망할 준비도 하고 있으라고 하세요.

🌸 *유모가 나가려고 하다가 다시 돌아선다.*

유모   저, 이건 아가씨가 당신에게 주라고 지시한 반지예요. 밤이 매우 깊어졌으니까 빨리 서두르세요. *(유모가 퇴장한다.)*

로미오   이제는 제 기분이 한없이 좋아졌다고요!

신부   빨리 가봐. 잘 가라. 그런데 네 처지란 결국 이런 거야. 성문이 닫히기 전에 이곳을 벗어나던가, 아니면, 새벽에 변장을 한 채 떠나던가 하는 거야. 잠시 만투아에 가서 머물러 있어라. 나는 너의 하인을 찾아내 가지고, 여기서 일어난 좋은 소식을 그 하인 편에 일일이 너에게 알려주겠어. 네 손을 내밀어라. 밤이 깊어졌어. 그럼 잘 가라. 잘 가라고.

로미오 기쁨보다 더한 기쁨에 불려가니 망정이지, 그렇지 않다면 이처럼 급히 신부님과 헤어지는 건 슬픈 일이지요. 그럼 안녕히 계세요.
(두 사람이 퇴장한다.)

3막 4장

캐퓰리트 저택의 어느 방.

🍀 캐퓰리트, 그의 부인, 그리고 패리스가 등장한다.

캐퓰리트 뜻밖에 불행한 일이 닥치는 바람에 딸애를 설득해볼 겨를조차 없었지요. 당신도 알다시피 딸애는 티볼트를 무척 사랑했지요. 나도 물론 그랬지만 말이오. 하여간 인간은 한 번 태어나서 한 번 죽게 마련이지요. 이제는 밤도 깊었으니 딸애는 오늘 밤 여기 내려오지 않을 거요. 사실 당신이 오시지 않았더라면 나는 한 시간 전에 벌써 잠이 들었을 거요.

캐퓰리트 : 패리스, 나는 결심했어요. 딸애의 사랑을 대담하게도 당신에게 드리겠어요.

| 패리스 | 이렇게 불행한 시기라면 청혼할 때도 아니지요. 그러면 부인, 안녕히 주무세요. 따님께도 저의 안부를 전해 주시고. |
| 캐퓰리트 부인 | 예, 그러겠어요. 그리고 내일 아침 일찍 딸애의 마음을 알아보겠어요. 오늘 밤엔 그 애가 온통 슬픔에만 젖어 있거든요. |

❧ *패리스가 나가려고 한다. 캐퓰리트가 그를 다시 불러들인다.*

| 케퓰리트 | 패리스, 나는 결심했어요. 딸애의 사랑을 대담하게도 당신에게 드리겠어요. 내 말이라면 딸애는 무엇이든지 따를 거요. 아니, 따르고말고요! 정말이지요. 여보, 당신은 자러 가기 전에 그 애에게 가서 나의 사위인 패리스의 사랑을 알려 주도록 해요. 그리고 이렇 |

게 이야기해요. 다음 수요일에 말이오. 그런데 가만 있자. 오늘이 무슨 요일이던가?

패리스 월요일이지요.

캐퓰리트 월요일이라니! 하, 하! 그러면 수요일은 너무 촉박하군. 목요일로 하는 게 낫겠어. 딸애에게 이렇게 얘기해요. 목요일에 패리스 백작과 결혼식을 올릴 거라고 말이오. 그러면 백작은 준비되겠지요? 이렇게 서둘러도 괜찮은지요? 우린 법석도 별로 떨지 않고 친구도 약간만 초대할 거요. 글쎄, 티볼트가 죽은 지도 얼마 안 되는데 너무 성대하게 잔치를 벌이면 친척인 고인을 소홀히 한다는 비난도 있을 테니까. 그러니 친구들은 대여섯 명 정도만 부르고 말 작정이지요. 하지만 당신으로서는 목요일이 어떻는지요?

패리스 전 그 목요일이 내일이기를 바랄 정도지요.

캐퓰리트 좋아요. 그럼 안녕히 가시오. 목요일로 정합시다. 여보, 당신은 자러 가기 전에 줄리엣에게 가서 그 애가 결혼식 날에 대비하도록 준비시켜요. 그러면 패리스, 잘 가요. 이봐, 내 침실에 등불을 켜라! 아니, 이런! 벌써 이렇게 밤이 깊었어. 머지않아 날이 새겠군. 잘 자요. *(모두 퇴장한다.)*

줄리엣의 침실.

🌸 한쪽에 정원이 내려다보이는 창문이 있고, 다른 쪽에는 출입문
이 있다. 로미오와 줄리엣이 창 옆에 서 있다.

줄리엣 벌써 가려는 거예요? 날이 밝으려면 아직 멀었어요. 당신 귓속을
무섭게 뚫고 들려 온 그 소리는 종달새가 아니라 소쩍새가 낸 거
예요. 저 소쩍새는 밤마다 저기 저 석류나무에서 노래를 불러요.
여보, 소쩍새였어요. 정말이에요.

로미오 소쩍새가 아니었어. 아침을 예고하는 종달새였지. 저거 봐, 심술
궂은 햇살들이 저기 동쪽에서 흩어지는 구름들을 누비고 있잖아
요. 밤의 촛불인 별들은 모두 타버렸고, 즐거운 아침 해는 안개
깊은 산마루에서 발돋움하고 있지요. 난 여기를 떠나 목숨을 건
지든가, 아니면, 그냥 머물러 있다가 죽든가 하는 수밖에 없어요.

줄리엣 저기 저 빛은 햇빛이 아니에요. 제가 잘 알고 있어요. 태양이 내던
지는 유성(遊星)인가 본데, 오늘 밤 횃불잡이가 되어 당신이 만투
아로 가는 길을 비추어 줄 거예요. 그러니 좀 더 머물러 있어요.
떠날 필요는 없어요.

로미오 난 잡혀도 좋고, 사형을 당해도 좋아. 그것이 당신의 뜻이라면 난
만족해요. 저기 저 회색빛도 아침의 눈인 태양이 아니라 달의 얼
굴에 반사하는 창백한 빛에 불과하다고 난 말할 거요. 우리 머리
위로 저토록 드높은 창공에서 울려 퍼지는 저 노래도 종달새의 노

래가 아니라고 하겠어요. 사실 나도 이대로 있고 싶지, 떠나긴 싫어요. 자, 죽음이여, 얼마든지 와라! 그것이 줄리엣의 소원이여. 여보, 어때요? 이야기나 합시다. 날이 밝지 않았거든.

줄리엣 날이 밝았어요. 밝았다고요! 빨리 떠나세요! 여기서 빨리 떠나세요. 저 종달새 좀 봐요. 저렇게 곡조도 안 맞게, 지독한 불협화음과 불쾌한 고음으로 노래하고 있어요. 종달새의 노래가 아름답다고 말하는 사람들도 있지만 저 소리는 그렇지가 않아요. 종달새가 우리를 갈라놓고 있으니까요. 종달새와 징글맞은 두꺼비가 서로 눈알을 바꾼다고 말하는 사람들도 있지만, 아, 난 그것들이 이제 목소리도 바꾸었기를 바라는 거예요! 껴안고 있는 우리의 팔을 저 소리가 떼어놓으려 하고, 아침 노래로 당신이 떠나가기를 재촉하기 때문이지요. 아, 이제는 떠나세요! 날이 점점 더 밝아지거든요.

로미오 날은 점점 더 밝아지고 우리들의 괴로움은 점점 더 어두워진다!

🍀 *유모가 허둥지둥 등장한다.*

유모 아가씨!

줄리엣 유모인가요?

유모 안주인께서 지금 아가씨 방으로 올라오고 있어요. 날은 밝았어요. 조심하세요. 경계하라고요. *(유모가 퇴장한다. 줄리엣이 방문에 빗장을 건다.)*

줄리엣 그러면 창문이여, 햇빛은 넣어 주고 목숨은 밖으로 데리고 나가라.

로미오 잘 있어요! 잘 있어! 한 번 더 키스하고 내려가겠어요. *(로미오가*

로미오 : 잘 있어요! 잘 있어!
한 번 더 키스하고 내려가겠어요.

줄사다리를 타고 내려간다.)

줄리엣   여보, 그리운 당신! 그렇게 떠나는 거예요? 날마다 매 시간마다 꼭 소식을 전해주세요. 단 일 분만 지나도 많은 날들이 지난 것과 같으니까요. 어머나, 이런 식으로 계산하다가는 다음에 로미오를 다시 만나기 전에 저는 나이를 많이 먹은 상태가 되겠네요!

로미오   *(정원에서)* 잘 있어요! 여보, 기회만 있으면 난 반드시 소식을 전할 거요.

줄리엣   하지만 우리가 다시 또 만날 수 있을 것 같아요?

로미오   그야 만날 수 있게 되지. 그리고 지금의 슬픔은 우리가 다시 만날 때 모두 달콤한 이야깃거리가 될 거요.

줄리엣   아, 내 마음은 이토록 불안하기만 하다니! 그렇게 아래로 내려간 당신은 무덤 밑바닥의 시체처럼 보이네요. 제 시력이 약하거나, 아니면 당신 안색이 창백하게 보이는 거예요.

로미오   여보, 정말 내 눈에 당신도 그렇게만 보인다고. 목마른 슬픔이 우리 피를 빨아 마시고 있는 거요. 잘 있어요! 잘 있어! *(로미오가 퇴장한다.)*

줄리엣   오, 운명의 여신이여! 운명의 여신이여! 너는 변덕이 심하다고 누구나 말하지. 그렇다 해도 성실하기로 이름난 그이하고 네가 무슨 상관이냐? 변덕을 부릴 테면 부려라. 네가 변덕을 부린다면 그이를 오래 붙들어 놓진 않고 곧 돌려보내 줄 테니까.

캐퓰리트 부인   *(문 밖에서)* 애야! 일어났니?

줄리엣   *(줄사다리를 끌어올려서 감춘다.)* 누가 부를까? 어머닌가 보군. 이렇게 늦도록 아직도 안 주무셨나? 또는 이토록 일찍 일어나셨나? 무슨 심상찮은 일로 이렇게 찾아오신 걸까? *(줄리엣이 방문을 연다.)*

캐퓰리트 부인이 등장한다.

캐퓰리트 부인 애야, 이제 좀 어떠냐?

줄리엣 엄마, 기분이 언짢아요.

캐퓰리트 부인 언제까지 네 사촌 오빠의 죽음에 울고만 있을 거냐? 도대체 넌 눈물로 무덤에서 오빠를 떠내려 보낼 작정이냐? 설령 떠내려 보낼 수 있다고 해도 넌 다시 살려낼 수는 없어. 그러니 그만 울어라. 적절히 슬퍼하는 것은 깊은 애정을 표시하지만, 지나치게 슬퍼하는 것은 분별력이 부족하다고 드러낼 뿐이야.

줄리엣 그래도 실컷 울고 싶어요. 이번 슬픔은 예사롭지 않은 슬픔이니까요.

캐퓰리트 부인 그럴 테지. 그렇지만 네가 운다고 그 사람이 살아나는 것도 아니야.

줄리엣 너무나 슬프니까 그분 때문에 울 수밖엔 없어요.

캐퓰리트 부인 애야, 너는 오빠의 죽음이 슬퍼서 운다기보다 오빠를 죽인 악당 놈이 살아있는 것이 분해서 우는 거야.

줄리엣 엄마, 악당이라니요?

캐퓰리트 부인 바로 그 악당 놈, 로미오 말이야.

줄리엣 *(방백)* 악당과 로미오는 하늘과 땅처럼 멀지. *(큰소리로)* 하느님, 그이를 용서해 주세요! 저도 진심으로 용서해요. 하지만 그이만큼 내 마음을 슬프게 해주는 사람도 없어요.

캐퓰리트 부인 그래, 그 배신자, 그 살인자가 버젓이 살아있기 때문에 그런 거야.

줄리엣 그래요, 엄마, 그이가 내 손이 닿지 않는 곳에 살아있기 때문이지요. 오빠의 죽음을 내가 혼자 복수해 줬으면 좋겠어요!

캐퓰리트 부인 염려 마라. 우리가 원수를 갚고야 말 테니까. 이제 그만 울어. 추방당한 그 거지 놈이 살고 있는 만투아에 사람을 보내서 독약을 그놈에게 먹여 곧장 티볼트를 따라 황천길로 가게 해야겠어. 그렇게 하면 너는 만족할 게야.

줄리엣   그이를 볼 때까지는, 그이가 죽은 것을 볼 때까지는 난 결코 만족하지 못할 거예요. 가련한 내 가슴은 사촌 오빠 때문에 무척이나 괴로워요. 엄마, 독약을 가져갈 사람을 구해만 주신다면 난 로미오가 마시자마자 즉시 조용히 잠들어 버릴 독약을 조제하겠어요. 아, 분해라! 그의 이름을 들으면서도 곁에 가서 오빠를 위한 분풀이를 한껏 그 살인자한테 해주지 못하다니!

캐퓰리트 부인   독약의 조제는 네가 해라. 가져갈 사람은 내가 찾을 테니까. 그런데 애야, 이제 기쁜 소식을 말해 주겠어.

줄리엣   어머나, 이렇게 슬픈 때에 기쁜 소식이라니, 무슨 기쁜 소식인가요? 엄마, 빨리 말해 줘요.

캐퓰리트 부인   글쎄, 애야, 네 아버지는 배려가 많은 분이지. 네 슬픔을 제거해 주려고 아버지는 너나 나나 뜻밖에 깜짝 놀랄 기쁜 날을 갑자기 마련했어.

줄리엣   어머, 기뻐요! 그건 무슨 날이에요, 엄마?

캐퓰리트 부인   사실은 애야! 다음 목요일 아침 일찍 저 늠름하고 점잖은 청년 패리스 백작이 성 베드로 성당에서 너를 행복한 신부로 맞이할 예정이야.

줄리엣   성 베드로 성당과 성 베드로에 걸고 단언하지만, 난 그분과 결혼하지 않겠어요. 왜 이렇게 서두르는지 모르겠어요. 나는 남편 될 사람이 구애하기도 전에 결혼을 해야만 하나요? 엄마, 제발 아버지에게 말해줘요. 난 아직 결혼하지 않겠다고 말예요. 정 하게 된다면 패리스보다는 차라리 엄마도 알다시피 내가 미워하는 로미오하고 결혼하겠어요. 이런 걸 다 기쁜 소식이라고 하다니!

캐퓰리트 부인 마침 네 아버지가 와. 네가 직접 말해봐라. 네 말에 대해 아버지가 어떻게 생각하는지 들어 보라고.

🎬 *캐퓰리트와 유모가 등장한다.*

캐퓰리트 해가 떨어지면 하늘에서 이슬이 내리게 마련이지만 조카의 목숨이 떨어지니 비가 마구 쏟아지는군. 아니, 이런! 네가 물을 뿜어대는 분수라도 된단 말이냐? 여태까지 울고만 있니? 그칠 줄을 모르는 소나기란 말이냐? 너의 그 작은 몸이 배도 바다도 바람도 모두 겸한단 말이로군. 네 눈은 바다라고나 할까? 항상 눈물이 썰물과 밀물 같거든. 네 몸뚱이는 배와 같아서 이 짜디짠 눈물의 만조(滿潮) 속에서 항해를 하고 있어. 그리고 한숨은 바람이랄까? 이 바람은 눈물로 해서 광란하고 눈물은 바람으로 해서 뒤끓고 있으니, 당장에 바람이 자지 않는 한 폭풍에 시달리는 네 몸뚱이는 뒤집혀지고 말겠어. 여보, 마누라! 내 결정은 이미 이야기해주었겠지?

캐퓰리트 부인 이야기하고 말고요. 그러나 고맙기는 해도 싫다고 하네요. 바보같으니! 차라리 자기 무덤하고나 부부가 되는 게 낫겠지!

캐퓰리트 가만있어요, 여보! 내가 좀 더 알아듣게 말해 봐. 알아듣게 말해보라고. 뭐? 싫다고? 고맙지 않다고? 명예가 아니라고? 변변찮은 딸이지만 아비가 애써서 훌륭한 사람을 신랑으로 마련해 주는데도 행복하게 생각하지 않는단 말이지?

줄리엣 아버님의 수고를 명예로는 삼지 않아도 고맙게는 생각해요. 제가 싫은 걸 명예로 삼을 순 없지만, 싫어도 호의니까 고맙게는 생각해요.

줄리엣 : 아버님의 수고를 명예로는 삼지 않아도 고맙게는 생각해요.

줄리엣 : 아버지, 이렇게 무릎을 꿇고 빌겠어요.

캐퓰리트   저런, 저런! 저런, 저런! 저런 궤변이 다 있다니! 그게 무슨 말이야?
'명예' 라느니, '고맙다' 느니, '고맙지 않다' 느니, '명예가 아니
라' 느니 하는 게 무슨 말이냐고? 요 건방진 것 같으니! 고맙고 뭐
고, 명예고 뭐고, 어서 그 미끈한 팔다리를 잘 갖추어 가지고, 다음
목요일에 성 베드로 성당에서 패리스와 결혼하러 갈 준비나 해.
정 싫다면 내가 너를 들것에 싣고 끌고라도 갈 테야. 꺼져, 이 싯누
런 송장 같은 것아! 꺼져 버려, 이 무지렁이 같은 것아! 이 파리한
낯짝 같으니!

캐퓰리트 부인	어머나, 여보! 아니, 당신 미쳤어요?
줄리엣	*(무릎을 꿇고)* 아버지, 이렇게 무릎을 꿇고 빌겠어요. 제발 참으시고 제 말을 한마디만 들어 주세요.
캐퓰리트	목이나 매어 죽어 버려! 버릇없는 것! 막된 딸년 같으니! 분명히 말해 두지만 목요일에 성당에 가든가, 싫다면 다시는 아비 앞에 나타나지 마라. 변명도 대답도 대꾸도 다 소용없어! 내 손끝이 근질근질해. 여보, 마누라, 하느님께서 이 딸년 하나만 주신 걸 우리는 복인 줄도 모를 뻔 했어. 그러나 이제 보니 하나도 너무 많아. 이따위 한심스런 딸년을 두다니 말이야. 꼴도 보기 싫다, 이 못된 것아!
유모	아가씨가 가엾어요! 주인님, 아가씰 그렇게 꾸짖지 마세요.
캐퓰리트	아니, 이건 뭐야? 재주꾼 할멈인가? 잘난 체 말고, 썩 입 닥치지 못해? 너는 가서 수다쟁이들하고나 지껄여라!
유모	내가 뭐 몹쓸 말을 했나요?
캐퓰리트	아, 저리 가라고!
유모	입이 있는데 말도 못하나요?
캐퓰리트	듣기 싫어! 누구 앞에서 주둥일 놀리는 거야? 바보 같으니! 그런 소린 수다쟁이들한테 가서 술이나 홀짝거리면서 뇌까려봐. 여기선 소용이 없으니까.
캐퓰리트 부인	당신은 너무 화를 내고 계세요.
캐퓰리트	나, 원, 이거 사람 미치겠네! 나는 밤이나 낮이나, 자나 깨나, 혼자 서나, 사람들 속에 끼어서나, 늘 딸년의 결혼만 걱정해 왔어. 그런데 이제 가문도 좋고 재산도 있으며, 교양도 구비하고 또한 사람들 말대로 지덕을 겸비했으며, 나무랄 데 없이 모든 것을 갖춘 청년을 신랑으로 골라 주니까, 바보 같은 것이 자기 분에 넘치는 복

인 줄도 모른 채, 징징 울어대면서 결혼이 싫다는 둥, 사랑할 수 없다는 둥, 너무 어리다는 둥, 용서해 달라는 둥 대꾸한단 말이야. 그래, 정 결혼하기 싫다면 용서는 해주겠어. 그러나 네 맘대로 나가서 살아라. 이 집에서 같이 살 수는 없어. 알았느냐? 잘 생각해 봐. 농담이 아니니까. 목요일은 금방 닥쳐. 알았어? 가슴에 손을 얹고 곰곰 생각해 봐. 네가 내 딸자식이라면 나는 너를 내 친구에게 줄 테야. 내 딸이 아니라면, 나가서 목을 매든 빌어먹다 굶어 죽든 맘대로 해. 정말이지 그때는 나도 너를 딸자식으로 보지 않을 게고 재산은 단 돈 한 푼도 물려주지 않을 테야. 진담이니까 잘 생각해 봐. 난 실없는 소릴 하는 사람이 아니거든. (캐퓰리트가 퇴장한다.)

줄리엣 나의 이 슬픈 미음 속을 들여다보시는 자비의 신은 저 구름 속에도 안 계시나요? 아, 그리운 어머니, 저를 버리지 마세요! 이 결혼을 한 달만이라도, 일 주일만이라도 미루어 주세요. 그것도 안 되겠다면 제 신방을 티볼트가 자고 있는 저 컴컴한 무덤 속에 마련해 주세요.

캐퓰리트 부인 듣기 싫어. 너하고는 말하고 싶지 않아. 네 맘대로 해. 너하고는 볼 장 다 본 거니까. (캐퓰리트 부인이 퇴장한다.)

줄리엣 오, 하느님! 아, 유모! 이 일을 어떻게 막지요? 내 남편은 이 세상에 살아 있고 나의 맹세는 하늘에 올라가 있어요. 그 남편이 세상을 떠나 하늘로 가서 다시 보내 주지 않는 한 그 맹세가 어떻게 이 세상에 되돌아올 수 있겠어요? 니를 도와줘요. 좋은 지혜를 좀 내줘요. 아, 아, 하느님도 무정하시군요. 이렇게 연약한 사람을 함정에 빠뜨려 놓으시다니! 이봐요, 유모, 무슨 기쁜 말은 없어요? 위안이 될 만한 말을 좀 해줘요.

유모로 분장한 19세기 여배우
마스턴 부인 Mrs. H. Marston

유모   그러면 자, 내 말을 들어봐요. 로미오는 추방됐으니 하늘이 무너

져도 다시는 아가씰 찾으러 오진 못할 거요. 설령 찾으러온다 해

도 남몰래 올 수밖에는 없지요. 그러니까 사정이 지금처럼 이런

거라면, 역시 아가씬 백작과 결혼하는 게 제일 좋을 거야. 아이고,

그 어른 참 잘생긴 양반이더군요! 그분과 비교하면 로미오 같은

건 걸레조각밖에 안 되지. 이봐요, 백작의 눈처럼 푸르고 날쌔고

아름답기로는 독수리눈도 어림없어요. 정말 이 두 번째 결혼은 행

복할 거야. 첫 번째 것보다는 월등히 뛰어나니까. 설령 그렇지 않

다 해도 첫 번째 남편은 죽었지. 살아있어도 아가씨에게는 아무

줄리엣 : 망할 할멈 같으니! 아, 망측한 마귀 같은 것!

쓸모도 없으니 죽은 것과 마찬가지야.

줄리엣   유모, 그게 진심으로 하는 말인가요?

유모   진심으로 하는 말이고말고. 진심으로 하는 말이 아니라면 내 마음
과 영혼에 벼락이 떨어질 게야.

줄리엣   아멘!

유모   뭐라고요?

줄리엣   어쨌든 유모는 정말 좋은 말을 해주었어요. 나는 아버님의 노여움
을 샀으니 이제 로렌스 신부님의 숙소에 가서 고백하고 죄의 용
서를 받으러 나갔다고 어머님께 가서 알리세요.

유모   예, 그러지요. 잘 생각했어요. (유모가 퇴장한다.)

줄리엣   망할 할멈 같으니! 아, 망측한 마귀 같은 것! 그렇게 해서 내가 맹
세를 깨뜨리게 하려고 들다니! 내 남편을 수천 번이나 극구 칭찬
하던 바로 그 혀로 내 남편을 욕하다니! 이 두 가지 가운데 어느 쪽
이 죄가 더 무거울까? 꺼져버려! 난 여태까지 유모를 믿어 왔지만

이제부턴 유모와 내 가슴은 남남이야. 신부님을 찾아가서 해결방
안을 알아보자. 다른 길이 전혀 없다 해도 난 자살할 힘만은 가지
고 있어. *(줄리엣이 퇴장한다.)*

4막 1장

로렌스 신부의 숙소.

🌼 로렌스 신부와 패리스 백작이 등장한다.

신부   목요일이라고 했지요? 시일이 매우 촉박하군요.

패리스   캐퓰리트 장인께서 그렇게 서두르시는군요. 그걸 나로서도 뒤로 미루어야 할 만한 이유가 있는 것도 아니고 해서요.

신부   당신은 아가씨의 마음을 알 수 없다고 했지요? 일이 심상치가 않아요. 걱정이 되는군요.

패리스   그녀가 티볼트의 죽음을 너무도 슬퍼하고 있어서 저는 사랑의 이야기는 별로 못해 봤어요. 비너스 여신조차 눈물의 집에서는 웃지 않거든요. 그런데 아버지는 딸이 그렇게까지 슬픔에 잠겨 있는 것이 위험하다고 보고, 또한 딸의 홍수 같은 눈물을 막아보자는 뜻도 있어서 현명하게도 우리들의 결혼을 서두르게 되신 것이지요. 슬픔이란 너무 혼자 되새기고 있으면 한이 없지만, 친구라도 있으면 얼버무려질 수 있을 게 아니겠어요? 이젠 이렇게 서두르는 까닭을 아시겠지요.

신부 (방백) 하지만 그것을 미루어야 할 까닭을 나는 알고 있잖은가!
　　　(패리스에게) 아, 마침 아가씨가 내 숙소로 오는군요.

🌿 줄리엣이 등장한다.

패리스 마침 다행히도 내 아내를 잘 만났군요!

줄리엣 혹시라도 제가 당신 아내가 된다면 그때나 그렇게 부르세요.

패리스 그 '혹시라도' 가 다음 목요일에는 반드시 실현될 거요.

줄리엣 반드시 실현된다고 하시니까 실현되겠지요.

신부 그건 명답이야.

패리스 신부님께 고백성사를 보러 왔지요?

줄리엣 그 말에 대답하는 건 당신에게 고백하는 게 되지요.

패리스 당신이 나를 사랑한다는 사실은 신부님에게 숨기지 마세요.

줄리엣 당신에게 고백하지만 저는 신부님을 사랑하고 있어요.

패리스 그럼 나를 사랑하고 있다는 것도 고백하세요.

줄리엣 고백을 하더라도, 면전에서 하는 것보다는 당신 몰래 하는 편이 더욱 값이 있을 거예요.

패리스 가엾게도 당신 얼굴은 눈물로 온통 더럽혀져 있군요.

줄리엣 그렇다 해도 눈물에게는 그리 자랑거리가 되지 못해요. 눈물의 해를 입기 전에도 어지간히 못생긴 얼굴이었으니까요.

패리스 그건 눈물보다 당신이 더 얼굴을 모욕하는 말이오.

줄리엣 모욕이 아니라 사실이 그래요. 그리고 지금의 그 말을 나는 내 얼굴에 대고 했어요.

패리스	당신 얼굴은 내 것이오. 그런데 그 얼굴을 모욕한 거요.
줄리엣	하긴 그럴지도 모르지요. 이 얼굴은 내 것이 아니니까요. 신부님, 지금 시간이 나시나요? 아니면, 저녁 미사 때 찾아뵐까요?
신부	얘야, 넌 참 가엾구나. 난 마침 지금이 한가해. 백작, 우리는 좀 실례해야겠군요.
패리스	저는 물론 신부님의 성사집행을 방해해서는 안 되지요! 줄리엣, 목요일에는 내가 아침 일찍 깨우러 갈 거요. 그럼 그때까지 안녕히 계세요. 그리고 이 성스러운 키스를 잊지 말아줘요. *(패리스가 키스를 하고 퇴장한다.)*
줄리엣	아, 문을 닫아 주세요! 닫으신 다음에는 이리 와서 저와 함께 울어 주세요. 이젠 희망도, 수단도, 방법도 없어요!
신부	줄리엣, 네 슬픔은 나도 이미 알고 있어. 내 지혜로는 어쩔 도리가 없어. 네가 다음 목요일에 백작과 결혼해야만 하는데 그걸 연기할 방도는 없다 이거야.
줄리엣	신부님, 그 일을 막아낼 방법을 가르쳐 주지 못하실 바에는 제발 이 이야기를 들었다는 말도 하지 마세요. 신부님의 지혜로도 어쩔 수 없다면, 제 결심이 장하다는 말씀이나 해주세요. 이 비수로 당장 해결을 보겠어요. 하느님께서는 제 마음과 로미오의 마음을 맺어 주셨고, 신부님은 저희들의 손을 맺어 주셨어요. 신부님에 의해서 그이에게 바쳐진 이 손이 딴 짓에 보증 역할을 하거나 또는 제 순정이 딴 마음을 먹고 한눈을 팔거나 하느니 저는 차라리 이 비수로 손과 마음을 둘 다 없애 버리겠어요. 그러니 신부님의 긴 인생 체험에서 나오는 무슨 방법이든 말씀해 주세요. 말씀을 안 해주시겠다면 보세요. 신부님의 경력과 수완으로도 원만히 정당하게 해결이 안 되는 저의 이 어려운 문제를 이 잔인한 비수로 가

신부 : 얘야, 좀 가만있어라.

	부를 결정짓겠어요. 어서 말씀해 주세요. 신부님의 말씀도 가망이 없다고 한다면, 전 차라리 죽어버리고만 싶어요.
신부	얘야, 좀 가만있어라. 한 가닥 희망이 말이야. 희망이 전혀 없는 것도 아니야. 하지만 우리가 막아낼 일이 필사적인 만큼 그 실행에도 필사적인 결심이 필요해. 패리스 백작과 결혼하기보다는 자살이라도 하겠다는 결심이라면, 넌 이번 치욕을 모면하기 위해서는 죽음과 비슷한 일도 해볼 테지. 죽음하고 맞부딪쳐서라도 치욕을 면하자는 것이니까. 그러니 네가 그만한 용기만 가졌다면 그 방법을 말해 주겠어.
줄리엣	아, 패리스와 결혼하느니 차라리 저보고 어떤 성벽 위에서 뛰어내리라든지, 도둑의 소굴로 걸어 들어가라든지, 뱀들 사이에 숨으라든지 하라고 하세요. 또는 으르렁거리는 곰들과 함께 저를 사슬로 매어 두든지, 덜거덕거리는 송장 뼈며 악취가 코를 찌르는 정강이

며 턱이 떨어진 누런 해골들이 잔뜩 쌓여있는 납골당에 저를 밤에
도 가두어 놓으세요. 또는 저보고 새로 판 무덤에 들어가서 수의
에 감긴 송장과 함께 누워 있으라고 하세요. 그런 일은 제가 전에
는 이야기만 들어도 벌벌 떨었지만, 이제는 그리운 남편에게 절개
를 지키기 위해서라면 아무 불안이나 무서움도 없이 해내겠어요.

신부 가만 있자, 그럼 넌 집에 돌아간 다음 기쁜 표정으로 패리스와 결
혼하겠다고 말해라. 내일은 수요일이야. 내일 밤에는 너 혼자 자
고, 유모가 네 방에서 너와 함께 자지 않도록 해라. 이 약병을 들고
가서 잠자리에 들거든 증류한 이 액체를 모조리 마셔라. 마시자
마자 싸늘한 졸음이 혈관 전체에 퍼져서 평소에 뛰던 맥박은 멈추
고, 체온과 호흡을 보아도 산 사람 같지는 않을 것이며, 장미 빛 입
술과 뺨은 시들어서 파리한 잿빛이 되고, 죽음이 생명의 빛을 닫
아버리듯 두 눈의 창문도 닫히며, 신체 각 부분은 생기를 잃어 굳
어지고, 차디찬 시체처럼 될 게야. 너는 그렇게 쪼그라든 가사 상
태를 마흔 두 시간 동안 겪은 다음에 유쾌한 잠에서 깨어나기라도
하는 듯 눈을 뜨게 될 게야. 그건 그렇고, 아침에 신랑이 너를 깨우
려고 와서 볼 때 넌 죽어 있을 게야. 그러면 이 나라의 관습대로 너
는 가장 좋은 옷차림으로 뚜껑도 덮지 않은 관에 들어가 캐퓰리트
가문의 조상들이 묻혀 있는 저 오래된 지하묘지로 운반될 테지.
한편 나는 네가 깨어날 시간에 대비하여 로미오에게는 편지로 우
리 계획을 알려서 이곳으로 오게 한 다음, 나하고 둘이서 네가 깨
어나는 것을 지켜보고 있다가 그날 밤으로 당장 너를 로미오와 함
께 만투아로 떠나게 하겠어. 그렇게 되면 너는 이번의 치욕을 모
면할 수 있을 게야. 하지만 이 일을 실행할 때에 이르러 변덕이나
여자의 불안 때문에 용기를 잃어서는 안 되지.

줄리엣 : 그럼 신부님,
안녕히 계세요.

줄리엣	그 약을 주세요, 빨리 주세요! 아, 여자의 불안 같은 건 말씀하지도 마세요!
신부	좋다, 그럼 가봐라. 결심을 단단히 하고, 잘 해봐라. 나는 다른 수사신부를 급히 만투아로 보내서 네 남편에게 내 편지를 전하도록 하겠어.
줄리엣	사랑이여, 나에게 굳은 결심을 보내라! 결심만 서면 수단 방법은 마련될 수 있을 게 아니냐! 그럼 신부님, 안녕히 계세요. *(두 사람이 퇴장한다.)*

캐퓰리트 저택의 홀.

❦ 캐퓰리트, 캐퓰리트 부인, 유모, 그리고 하인 두세 명이 등장한 다.

캐퓰리트	*(종이 쪽지를 주면서)* 여기 적혀 있는 대로 손님들에게 초대장을 돌려라. *(하인이 그 쪽지를 받아들고 퇴장한다.)* 이봐, 너는 가서 일류 요리사들을 스무 명쯤 불러와라.
하인	엉터리는 한 놈도 불러오지 않겠어요. 음식 맛을 보기 위해 자기 손가락을 빨 줄이나 아는지 보면 알 수 있으니까요.
캐퓰리트	하지만 그걸로 어떻게 알 수 있단 말이냐?
하인	그야 자기 손가락도 못 빠는 놈은 엉터리 요리사지요. 그러니까 손가락도 못 빠는 놈은 불러오지 않겠다 이거지요.
캐퓰리트	그럼, 어서 가봐. *(하인이 퇴장한다.)* 이번엔 준비가 충분치 못하 겠는걸. 그런데 딸년은 로렌스 신부님한테 갔나?
유모	예.
캐퓰리트	음, 그분이 잘 지도해 줄지도 모르지. 고집쟁이 딸년 같으니.

❦ 줄리엣이 등장한다.

유모	저거 보세요. 아가씨가 고해성사를 마치고 즐거운 표정으로 돌아 오네요.

캐퓰리트	고집쟁이야, 어쩐 일이냐? 어딜 싸돌아다니다가 오는 거냐?
줄리엣	아버님의 지시를 거역한 불효의 죄를 뉘우치고, 그리고 이렇게 엎드려서 용서를 빌라는 신부님의 분부를 받고 왔어요. *(무릎을 꿇는다.)* 제발 용서하세요! 앞으로는 무엇이든지 시키시는 대로 하겠어요.
캐퓰리트	백작에게 사람을 보내서 알려라. 내일 아침에 결혼식을 올리겠다고 말이야.
줄리엣	그 젊은 백작은 제가 신부님 숙소에서 만났어요. 그래서 처녀로서 지나치지 않을 정도의 진정한 애정을 표시했지요.
캐퓰리트	그거 잘했다, 잘했어. 일어나라. 네가 그렇게 한 건 마땅하지. 난 백작을 곧 만나 봐야겠어. 이봐, 빨리 가서 백작을 모시고 와라. 이곳의 모든 시민들은 이 거룩한 신부님의 덕을 너무나도 많이 보고 있어. 암, 그렇고말고!
줄리엣	유모, 제 방으로 같이 가서 내일 저에게 가장 적절한 장신구들을 골라 주겠어요?
캐퓰리트 부인	아니, 목요일까지면 되잖니? 시일은 넉넉해.
캐퓰리트	아냐, 유모, 어서 같이 가 봐요. 우린 내일 성당에 가야 하니까. *(유모와 줄리엣이 퇴장한다.)*
캐퓰리트 부인	준비가 부족하지 않을까요? 벌써 날이 저물었거든요.
캐퓰리트	원, 두고 봐요. 내가 뛰어다니면 다 잘될 테니까. 여보, 당신은 줄리엣한테 가서 옷차림 등을 좀 거들어 주라고. 난 오늘 밤 잠자지 않을 테요. 나를 상관하지 말아요, 이번만은 내가 주부 노릇을 할 테니까. 이봐라! 아니, 다들 밖에 나간 모양이군. 그렇다면 내가 직접 백작한테 가서 내일의 준비를 시켜야겠군. 고집쟁이 딸년이 이렇게 자기 잘못을 뉘우쳐주니 난 속이 참으로 후련해. *(모두 퇴장한다.)*

줄리엣의 방.

❧ 안쪽에 놓인 침대는 커튼으로 가려져 있다. 줄리엣과 유모가
　등장한다.

줄리엣　　응, 그 옷이 제일 좋아요. 하지만 유모, 오늘 밤은 제발 나 혼자 있
　　　　　게 해줘요. 유모도 잘 알다시피, 난 비꼬인 성미에 죄도 많은 처지
　　　　　니까 하느님의 용서를 받으려면 여러 가지 기도를 올려야만 하거
　　　　　든요.

❧ 캐퓰리트 부인이 등장한다.

캐퓰리트 부인　그래, 바쁘냐? 내가 좀 거들어 줄까?
줄리엣　　아냐, 엄마. 내일 결혼식에 필요한 물건은 모조리 챙겨 놨어요. 그
　　　　　러니 이젠 제발 저를 혼자 내버려두고, 오늘 밤 유모는 엄마가 데
　　　　　리고 가세요. 일이 워낙 갑자기 닥쳐서 엄마도 무척 바쁘실 테니
　　　　　까요.
캐퓰리트 부인　그럼, 잘 자라. 잠자리에 누워서 편히 쉬어라. 넌 푹 쉬어야만 하니
　　　　　까. *(부인과 유모가 퇴장한다.)*
줄리엣　　안녕히 가세요! 언제 또 만나게 되는지 모르거든요. 싸늘한 불안
　　　　　이 오싹오싹 혈관 속을 돌고, 마치 생명의 열기도 얼어붙는 것만
　　　　　같아. 엄마와 유모를 다시 불러서 위로나 받아볼까? 유모! 아니,

유모 따위가 지금 무슨 소용이 있어? 이 무서운 장면은 나 홀로 보여주어야만 해. 자, 약병아! 하지만 이 약이 제대로 작용하지 않으면 어떡하지? 그러면 난 내일 아침 결혼을 해야만 하는가? 아니다, 아니야! 그건 이 비수가 막아 줄 게야. 비수야, 거기 가만히 있어. (비수를 꺼내서 옆에 놓는다) 하지만 이게 진짜 독약이면 어떡하지? 글쎄, 신부님은 날 먼저 로미오와 결혼시켰으니, 이번 결혼으로 자기 잘못이 탄로 나면 안 되니까 날 죽일 셈으로 교묘하게 조제한 진짜 독약은 아닐까? 걱정이 되는군. 하지만 설마 그럴 리야 있을라고? 오늘날까지 성자로 이름난 신부님이신데 말이야. 하지만 내가 관 속에 누워 있는 동안 로미오가 구출하러 오기도 전에 눈을 뜨면 어떡하지? 아이 무서워! 지하묘지의 더러운 입구는 맑은 공기의 통풍이 막혀있다던데 난 그 묘지에서 숨이 막히고 로미오가 오기 전에 질식해 죽지나 않을까? 아니면, 나는 살아있다 해도 죽음과 밤에 관한 무서운 생각과 무서운 장소 때문에 미쳐버리지나 않을까? 어쨌든 수백 년에 걸쳐서 모든 조상들의 뼈로 가득차 있는 납골당 속인데다가 피투성이 티볼트가 묻힌 지 얼마 되지 않아 수의에 감긴 채 썩고 있고, 또한 밤중에는 자주 유령들이 나타난다는 말도 있는 곳이야. 아! 아! 혹시 내가 눈을 너무 일찍 뜨게 되면, 저 악취 때문에, 그리고 땅에서 뽑힐 때 그 소리만 들어도 사람이 미친다는 광인초(狂人草)의 비명 같은 그런 비명 때문에, 글쎄, 눈을 뜨면, 온통 그런 공포 속에 싸인 나는 결국 미쳐 버리지나 않을까? 그리고 미쳐버린 나머지 조상들의 뼈를 가지고 놀며, 난자당한 티볼트의 시체에서 수의를 벗겨내며, 결국 광란 중에 누군가 먼 조상의 뼈를 몽둥이 삼아 절망적인 나의 머리통을 내 손으로 깨어버리지나 않을까? 어머나, 저거 봐! 로미오의 칼에 찔린 티볼트의 유령이 로미오를 찾고 있는 것 같아. 그만 둬, 티볼트, 그만 두라니까! 로미오, 저도 같이 가요! 이건 당신을 위해 드는 축배라고요. (*줄리엣이 약을 마시고 커튼에 가려진 침대 위에 쓰러진다.*)

4막 4장

캐퓰리트 저택의 홀.

🌸 *캐퓰리트 부인과 유모가 향료용의 식물을 들고 등장한다.*

캐퓰리트 부인   이봐, 유모, 이 열쇠들을 들고 가서 양념을 더 가져와.

유모   식품 창고 쪽에서는 대추와 은행을 더 가져오라는데요.

🌸 *캐퓰리트가 등장한다.*

캐퓰리트   자, 빨리 해, 빨리! 빨리 하라고! 두 번째 닭도 울었고, 새벽종도 쳤어. 새 시야. 이봐, 엔젤리커 Angelica, 구운 만두에 주의해. 비용은 아끼지 말고 말이야.

유모   주인께선 참견 마시고 이젠 가서 주무세요. 이렇게 밤샘하시면 내일은 병이 나신다고요.

캐퓰리트	천만에! 이래봬도 전에 대단찮은 일에도 밤샘쯤은 해봤어. 그래도 아무 지장이 없었다고.
캐퓰리트 부인	그럼요. 당신도 한창 때는 계집 뒤꽁무니께나 쫓아다녔지요. 하지만 이제 그런 밤샘은 내가 감시할 게요. (부인이 유모와 함께 퇴장한다.)
캐퓰리트	저건 질투 덩어리야! 질투 덩어리라고! (하인 서너 명이 꼬챙이, 장작, 바구니 등을 들고 등장한다.) 이봐, 그건 뭐냐?
하인 1	요리사가 쓸 물건들이지만, 전 뭔지 모르겠군요.
캐퓰리트	빨리 가봐, 빨리. (하인 1이 퇴장한다.) 이봐. 더 잘 마른 장작을 가져와. 피터를 불러라. 장작 있는 곳은 그놈이 아니까.
하인 2	저도 대가리는 있으니까 장작쯤은 찾아낼 수 있지요. 뭐 이런 일에 피터까지 수고를 하게 할 건 없어요.
캐퓰리트	하긴 그래. 허어, 망할 자식 같으니! 요 멍텅구리 놈 좀 보라고. (하인 2가 퇴장한다.) 아니, 벌써 날이 밝았군. 이제 곧 백작이 악대를 데리고 나타나겠지. 그렇게 하겠다고 말했으니까. (음악 소리가 난다.) 아니, 벌써 온 모양이로군. 유모! 여보, 마누라! 글쎄, 원, 유모! (유모가 다시 등장한다.) 빨리 가서 줄리엣을 깨우고 옷을 갈아입혀요. 나는 가서 백작을 상대하겠으니까. 자, 빨리 가요, 빨리. 신랑은 벌써 와 있어. 빨리 서둘러요, 글쎄. (두 사람이 퇴장한다.)

줄리엣의 침실.

🌺 *침실 주위에는 커튼이 둘러쳐 있다. 유모가 등장한다.*

유모   아가씨! 저, 줄리엣 아가씨! 원, 아가씬 잠에 취해 있군, 그래. 글쎄, 어린양 아가씨! 쳇, 요 잠꾸러기 좀 봐! 이봐요, 아가씨! 예쁜이! 새색시! 날 좀 보라니까, 글쎄! 아니, 아무 말도 없어? 이제 한 푼어치라도 더 잠을 자야겠다 이거로군! 일주일 몫이라도 자라고. 내일 밤엔 패리스 백작이 단단히 결심한 채 아가씰 못 자게 할 테니까. 농담을 해서 미안하다고요! 그건 그렇고, 아가씬 정말 곤하게도 자네! 하지만 깨워야만 해. 아가씨! 이봐요, 아가씨! 아가씨! 아, 백작을 불러들여 침대에서 아가씨를 껴안도록 해야겠어. 그러면 깜짝 놀라 일어날 테지. 안 그래? 그밖에는 다른 수가 없겠어. *(침대의 커튼을 젖힌다.)* 아니, 옷을 입은 채 자다니! 새 옷을 입은 채 자다니! 새 옷을 입고 다시 누웠나? 난 아가씰 깨워야만 해요. 아가씨! 이봐요, 아가씨! 아가씨! *(흔들어 깨운다.)* 아이고! 아이고! 사람 살려요, 사람 살려! 아가씨가 죽었어요! 아이고, 이런! 이토록 슬픈 일을 당하다니! 정신차리게 만드는 술을 좀 빨리 줘요! 주인님! 인주인님!

🌼 캐퓰리트 부인이 등장한다.

캐퓰리트 부인　왜 그렇게 떠들어 대는 거냐?

유모　아, 슬프다!

캐퓰리트 부인　웬일이냐?

유머　보세요, 보시라고요! 아, 비참하다!

캐퓰리트 부인　아이고, 아이고! 내 목숨과도 같은 내 딸아! 되살아나서 눈을 떠라! 그렇지 않으면 나도 같이 죽을 테야! 사람 살려요, 사람 살려! 빨리 사람을 불러!

🌼 캐퓰리트가 등장한다.

캐퓰리트　원, 창피한 줄도 모르다니! 줄리엣이나 빨리 데리고 나와요. 신랑은 벌써 와 있거든.

유모　아가씨는 죽었어요. 돌아가셨어요. 죽었다고요. 아, 슬프다!

캐퓰리트 부인　아, 슬프다! 딸애가 죽었어요, 죽었어요, 죽었다고요!

캐퓰리트　뭐라고? 어디 보자. 아, 이런! 차디차다. 피는 멈추고 손발은 굳어 버렸으며, 입술에서는 이미 오래 전에 생기가 떠나버렸어. 온 들판에서 가장 향기로운 한 송이 꽃에 느닷없이 때 아닌 죽음의 서리가 내렸어!

유모　아, 슬프다!

캐퓰리트 부인　아, 무정하다!

캐퓰리트　딸을 잡아가고 나를 비탄 속에 빠뜨린 죽음은 내 혀마저 묶어 놓고 말도 못하게 할 작정이야.

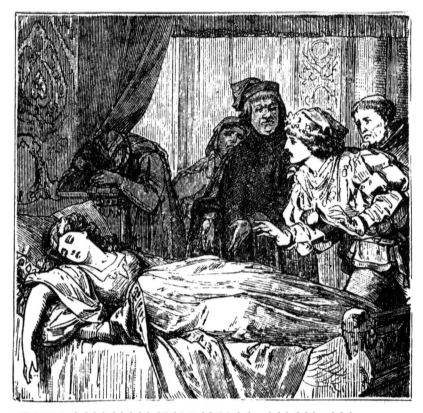

캐플리트 부인 : 단 하나의 위안거리인 외동딸을 무정한 죽음이 내 눈 앞에서 채어가고 말다니!

🍀 로렌스 신부, 패리스 백작, 그리고 악사들이 등장한다.

신부   자, 신부(新婦)는 성당에 갈 준비가 다 되었는지요?

캐플리트   준비는 다 돼 있지만 한 번 가면 다시는 돌아오지 못할 게요. 오,
나의 사위여! 결혼 전날 밤에 죽음의 신이 너의 이내히고 동침했
어. 저기를 봐. 꽃 같은 딸애를 죽음이 망쳐 놓았지. 이제는 죽음
의 신이 나의 사위, 나의 상속자야. 딸은 죽음이 맞이해가고 말았
어! 나도 죽고, 모든 것을 그놈에게 물려줄 테야. 생명이고 재산이

고 모조리 죽음이 차지하는 거라고.

패리스　저는 이날 아침을 기다리고 기다려 온 보답으로 이런 꼴을 당하고 마는가요?

캐퓰리트 부인　저주받은 불행한 날, 비참하고 지겨운 날이라고요! 흐르고 흐르는 세월 가운데 가장 비참한 이 시각이지요! 귀엽고 귀여운 무남독녀, 단 하나의 위안거리인 외동딸을 무정한 죽음이 내 눈 앞에서 채어가고 말다니!

유모　아, 비참하다! 아, 슬프다! 이렇게 슬프고도 불행한 날을 내가 살아서 볼 줄이야! 아, 이날, 지겨운 이날이여! 이렇게 불행한 날이 또 어디 있겠는가! 아, 서럽다! 아, 서럽다!

패리스　속고, 버림받고, 모욕당하고, 미움을 받아 죽었다니! 밉살스런 죽음아, 네놈한테 속았어! 잔인무도한 네놈한테 신세 망쳤어! 아, 내 목숨 같은 내 애인이여! 목숨도 없이 죽어있는 애인이여!

캐퓰리트　너는 멸시받고, 고통 받고, 미움 받고, 희생되어 죽었어! 몰인정한 시간아, 왜 하필이면 지금 와서 이 결혼식을 망쳐 놓는단 말이냐? 아이고, 얘야! 아이고, 얘야! 내 영혼인 내 딸아! 너는 죽었어! 아이고, 내 딸인 네가 죽었어! 너와 함께 내 기쁨도 매장돼 버렸어!

신부　조용히들 하세요. 창피하잖아요! 그렇게 법석을 떤다고 해서 불행이 사라질 리도 없거든요. 이 아름다운 따님은 하느님과 당신의 공동 소유였는데 그것을 이제는 하느님께서 모두 도맡아 가셨으니 따님에게는 오히려 잘된 거요. 당신은 따님에 대한 당신 몫을 죽음으로부터 막아낼 수 없지만, 하느님 몫은 영원한 생명 속에 살아 있지요. 당신이 가장 바란 것은 따님의 출세였고, 그러니까 따님의 출세가 당신의 천당인 셈이었지요. 그런데 따님이 구름 위로 하늘 높이 출세해서 올라간 걸 보고도 당신은 울어야 한단 말인가요? 아, 따님의 출세를 보고도 당신이 미친 사람처럼 굴다니, 자식에 대한 그런 애정은 진정한 애정이 아니지요. 결혼한 뒤 오래 사는 여자가 결혼을 잘한 것이 아니라, 결혼한 뒤 젊어서 죽는 여자가 오히려 결혼을 제일 잘한 것이라고요. 눈물을 말끔히 훔치고, 이 아름다운 시체를 로즈마리 꽃으로 장식하세요. 그리고 관습대로 제일 좋은 옷을 입혀 가지고 성당으로 운구하세요. 어리석은 인정으로는 우리가 모두 슬퍼하지 않을 수 없겠지만 감정의 눈물은 이성의 조소거리니까요.

캐퓰리트 혼인잔치에 쓰려던 것들이 우리의 계획과는 달리 모두 불행한 상례식에 사용될 것으로 변했군요. 축하의 음악은 서글픈 종소리로, 결혼의 잔칫상은 슬픈 초상 잔치로 변했지요. 결혼 축가도 음침한 장송곡으로 변하고, 신방의 꽃은 매장되는 시체의 장식용이 되었지요. 모든 것이 정반대로 변했단 말이에요.

신부 자, 안으로 들어가세요. 안주인도 함께 들어가세요. 그리고 패리스 백작도 들어가시오. 다들 이 아름다운 시체를 따라 무덤에 갈 준비를 하세요. 당신들에게 뭔가 잘못이 있었기 때문에 하느님께서 분노하신 거요. 더 이상 하느님의 뜻을 거역하지 마세요. (모두 퇴장하고 유모만 남아서 시체 위에 로즈마리 꽃을 뿌린 다음 커튼을 닫는다.)

악사 1 그럼 우리는 피리를 집어넣고 물러가도 되겠군.

유모 여러분, 아, 집어넣어요, 집어넣으라니까요! 보다시피 이렇게 딱한 판이 돼버렸잖아요.

악사 1 아, 정말이지, 판이란 고칠 수도 있는 거요.

🎵 *피터가 등장한다.*

피터	아, 이봐요, 악사들! '마음 편하게, 마음 편하게' 라는 곡을 연주해 줘. 아이고, 나를 살리려면 제발 '마음 편하게' 란 그 곡을 연주해 달라니까.
악사 1	왜 '마음 편하게' 라는 곡을 연주하란 말인가요?
피터	아, 악사들아! 내 마음 자체가 '내 마음은 슬픔으로 가득 차 있다' 라고 하는 곡을 연주하고 있기 때문이지. 아, 그러니 즐거운 곡을 연주해서 나를 위로해 달라고.
악사 1	우린 싫어! 지금은 음악을 연주할 때가 아니니까.
피터	싫다고?
악사 1	그렇다!
피터	그럼 한 대 먹여 주겠어.
악사 1	뭘 먹여 주겠다는 거야?
피터	돈은 아냐. 욕지거리 말이야, 이 거지 악사들아.
악사 1	요 하인 놈 좀 봐라!
피터	하인 칼에 대가리를 얻어맞을 놈 좀 봐. 나를 네 악보인 줄 알아? 네놈 대가리를 뚱땅거리며 쳐주겠다. 알겠냐?
악사 1	뚱땅거리며 친다면 소리가 날 테지.
악사 2	제발 칼부림은 그만 두고, 그 대신 말솜씨로 해봐.
피터	그럼 말솜씨로 해보자! 쇠로 된 칼은 치운 대신에 쇠 같은 말솜씨로 갈겨 줄까 보다. 자, 사내답게 받아 봐.

> '쥐어짜는 슬픔에 가슴은 아프고
> 구슬픈 노랫가락은 마음을 짓누른다.
> 그러면 은 소리 같은 음악은 말이다.'

어째서 '은 소리' 야? 어째서 '은 소리 같은 음악' 이냐고? 이봐, 거문고 타는 당신, 대답해 보라고.

악사 1	그야 은이 구수한 소리를 내니까 그렇지.
피터	근사해! 이봐, 제금 타는 당신, 대답해 봐.
악사 2	그야 악사가 은화를 받으니까 '은 소리'지.
피터	그것도 근사해! 그러면 거문고 줄 받이 꾼 당신, 대답해 봐.
악사 3	난 도무지 모르겠는 걸.
피터	이거 미안하게 됐어! 넌 노래나 부르니까 내가 대신 말해 주겠어. 글쎄 '은 같은 음악' 이란 악사들이 소리를 내도 돈은 안 되니까 그런 거야.

　　　'그러면 은 소리 같은 음악에

울화증은 당장에 풀리고 만다.'

(피터가 퇴장한다.)

악사 1 제기랄, 이런 빌어먹을 자식이 다 있다니!

악사 2 뒈져라, 망할 자식아! 자, 우리도 안에 들어가 문상객들이 올 때까지 빈둥거리고 있다가 한 잔 얻어 걸치자. *(모두 퇴장한다.)*

만투아 거리의 상점.

🍀 로미오가 등장한다.

로미오   달콤한 꿈을 믿어도 좋다면, 내 꿈은 뭔가 기쁜 소식이 올 징조가 틀림없어. 이 가슴의 주인, 사랑의 신은 자기 옥좌에 가만히 앉아 있고, 나는 오늘 하루 종일 평소와는 달리 마음이 들떠서 발이 땅에 닿지를 않아. 꿈에 나의 신부가 와서 죽은 나를 쳐다보았지. 죽은 사람이 뭔가 생각할 겨를이 있다니 이상한 꿈이기도 하지! 어쨌든 그녀가 내 입술에 키스하여 생명을 불어넣어 준 덕분으로 나는 소생하여 황제가 된 꿈이었어. 아! 사랑의 그림자만으로도 그토록 기쁘니 과연 사랑이 실제 이루어지면 얼마나 달콤할 것인가!

🍀 로미오의 하인 밸서자가 승마 구두를 신은 채 등장한다.

로미오	베로나에서 소식이 왔어! 밸서자, 어쩐 일이냐? 신부님의 편지는 가져오지 않았냐? 아가씨는 어떻게 지내느냐? 우리 아버님도 안녕하시지? 다시 묻겠지만, 줄리엣 아가씨는 어떻게 지내느냐 이거야. 아가씨만 안녕하다면 만사가 무사한 거지 뭐냐?
밸서자	그렇다면 아가씨는 안녕하시고 만사도 무사한 거지요. 글쎄, 아가씨의 시체는 캐퓰리트 가문의 지하묘지에서 잠들고, 그녀의 영혼은 천사들과 함께 지내거든요. 저는 아가씨가 조상 묘소에 깊이 안치되는 걸 보자마자 이 일을 당신에게 알리려고 역마 편에 급히 달려왔지요. 아, 이렇게 나쁜 소식을 전해서 죄송하지만 저는 이렇게 하라는 당신의 지시를 따를 뿐이지요.
로미오	그게 정말이냐? 그렇다면 운명의 별들아, 멋대로 해라! 얘, 내 숙소를 알지? 가서 잉크와 종이를 가져와. 그리고 역마도 부탁해 놓아라. 오늘 밤에 떠나야겠어.

뱁서자	주인님, 제발 참으세요. 안색이 창백하시고 심상치 않으신 걸로 봐서 어쩐지 불행한 일이 일어날 것만 같으니까요.
로미오	쳇, 넌 잘못 본 거야. 그러니까 상관하지 말고 내가 시킨 일이나 해라. 신부님의 편지는 없단 말이지?
뱁서자	예, 없어요.
로미오	상관없어. 그럼 어서 가서 역마를 부탁해 놓아라. 나도 곧 가겠어. (뱁서자가 퇴장한다.) 그러면 줄리엣, 난 오늘 밤 당신과 함께 잘 테요. 그 방법을 생각해 보자. 오, 악마란 놈아, 넌 절망한 자의 머릿속에 재빠르게도 파고든다! 그래, 그 약방 영감이 이 근처에 살고 있을 거야. 요전에 보니까 누더기 차림에 불쑥 나온 이마를 하고 있었지. 가난에 지쳐 앙상하게 뼈만 남았고 말이야. 가게에는 궁상스럽게 거북이 딱지, 박제한 악어, 그밖에 보기 흉한 생선껍질들이 매달려 있었고, 또한 시렁 언저리에는 빈 상자, 푸른 단지, 오줌주머니, 곰팡이 핀 씨앗들, 끄나풀 부스러기, 말린 장미꽃잎 뭉치들이 군데군데 흩어져 겨우 약방 꼴을 이루고 있었지. 그 궁상을 보고 난 이렇게 생각했어. '만투아에서 독약을 파는 자는 사형에 처한다고 하지만, 지금 누가 만약 독약을 사야 할 경우라면 저 가난뱅이 영감이 팔아 주겠지' 라고 말이야. 아, 그리고 보니 그건 바로 나의 경우를 예고해 준 셈이었군. 어쨌든 그 가난뱅이 영감보고 독약을 꼭 좀 팔라고 해야겠어. 아마도 이 집이었지. 휴일이라고 해서 이 거지꼴의 가게도 닫혀 있군. 이봐요! 약방 영감!

🐾 약방 영감이 등장한다.

약방 영감	이렇게 큰 소리로 외치다니 누구요?

로미오와 약방 영감

| 로미오 | 이봐요, 이리 좀 나오세요. 당신은 궁색한 모양인데, 자, 이 돈 사십 더컷ducat(과거 유럽 여러 국가들에서 사용한 금화)를 받고 독약을 좀 주세요. 먹으면 당장 온 혈관 속에 퍼져서, 마치 불이 붙은 화약이 치명적인 대포 배때기 속에서 맹렬히 터져 나오듯이, 이 육체에서 당장 호흡을 거두어 가는가 하면, 살아가기에 지친 나를 즉시 쓰러뜨려 줄 독약 말이오. |

약방 영감 그와 같은 백발백중의 독약을 내가 가지고 있기는 하지요. 하지만 그걸 파는 사람은 만투아의 법에 따라 사형을 당하게 되어 있다고요.

로미오 당신은 그토록 궁색하고 비참한 인생을 살아가면서도 죽기가 두

약방 영감 : 이건 물에 타서 마시라고요.

렵단 말인가요? 당신의 양쪽 볼에는 굶주림이 드러나 보이고, 두 눈에는 궁상이 더덕더덕 붙어 있으며, 등에는 모욕과 가난이 매달려 있어요. 이 세상도, 세상의 법률도 당신의 친구는 아니라고요. 당신을 부자로 만들 법률을 제공해줄 세상도 아니고 말이오. 그러니까 가난에 빠져있을 게 아니라 법을 무시하고 이걸 받으세요.

약방 영감　　받기는 받겠지만, 이건 가난 탓이지 나의 본의는 아니지요.

로미오　　나 역시 당신의 본의가 아니라 가난에 대해서 돈을 치르는 거요.

약방 영감　　*(약병을 내주면서)* 이건 물에 타서 마시라고요. 그러면 당신이 설령 스무 명을 당해내는 장사라 해도 당장 뻗어버리고 말 거요.

| 로미오 | 자, 돈 받으세요. 사실 돈이란 인간의 영혼에게는 더 할 나위 없는 독이지요. 당신이 파는 이 하찮은 독약보다도 사실 돈은 이 가증할 세상에서 더 많은 살인을 하고 있거든요. 독을 판 것은 나고, 당신은 아무 것도 팔지 않은 거요. 잘 있어요. 음식을 사서 먹고 살 좀 쩌보세요. *(약방 영감이 퇴장한다.)* 자, 독약이 아닌 강장제야! 나와 함께 줄리엣의 무덤으로 가자. 그곳에서 너를 사용해야겠다. *(로미오가 퇴장한다.)* |

5막 2장

로렌스 신부의 숙소.

🌿 *존 신부가 등장한다.*

| 존 신부 | 프란체스코 수도회의 로렌스 신부님! 이봐요, 신부님! |

🌿 *로렌스 신부가 등장한다.*

| 로렌스 신부 | 저건 분명히 존 신부의 목소리야. 만투아에서 잘 오셨군요. 로미오의 대답은 뭐지요? 아니면, 그의 답신을 받아 왔다면 빨리 내놓아요. |

로렌스 신부 : 그러면 내가 혼자 지하묘지로
가지 않으면 안 되겠어.
_ 앤토니 워커 작

존 신부	사실은 맨발로 다니는 우리 수도회의 신부님 한 분과 동행하려고 찾아다니다가 저는 그가 마침 이곳 시내의 어느 환자를 문병하는 자리에서 만나게 되었지요. 그런데 때마침 시청의 검역관들은 우리 두 사람이 전염병에 걸린 그 환자의 집에 있었다는 혐의로 대문을 봉쇄한 채 밖에 내보내주질 않았어요. 그래서 저는 억류된 채 만투아에는 갈 수가 없었지요.
로렌스 신부	그러면 로미오에게 보내는 나의 편지는 누기 전달했나요?
존 신부	전달하지 못해서 이렇게 다시 가져왔지요. 신부님에게 되돌려 보내자니 병에 전염될까 봐 모두 무서워하는 바람에 심부름꾼도 구할 수 없었거든요.

로렌스 신부	이게 무슨 불행이란 말인가! 정말 이 편지는 사소한 게 아니라 중대한 용건이 든 것인데, 소홀히 한 바람에 큰일이 벌어질지도 모르겠다 이거요. 존 신부님, 어서 가서 쇠지레를 하나 구한 다음 곧장 이 숙소로 가지고 오세요.
존 신부	예, 곧 가서 구해오지요. *(존 신부가 퇴장한다.)*
로렌스 신부	그러면 내가 혼자 지하묘지로 가지 않으면 안 되겠어. 이제 세 시간 안에 줄리엣이 눈을 뜰 거야. 이 일을 로미오에게 알리지 못했다고 알면 줄리엣은 나를 몹시 원망할 테지. 어쨌든 만투아에 다시 편지를 보내고, 로미오가 올 때까지 줄리엣을 내 숙소에 머물러두기로 하자. 줄리엣이 가엾게도 산송장이 된 채 죽은 자들의 무덤 속에 갇혀 있게 되다니! *(로렌스 신부가 퇴장한다.)*

5막 3장

베로나.

캐퓰리트 가문의 무덤이 있는 묘지.

🌸 *패리스, 그리고 횃불과 꽃다발을 든 시동이 등장한다.*

패리스	얘, 횃불은 이리 주고 너는 저만큼 물러가 있어. 아니, 횃불을 꺼버려. 내가 남의 눈에 뜨이면 귀찮으니까. 저기 저 주목나무 밑에 엎

드려서 귀를 우묵한 땅바닥에 바싹대고 있어라. 무덤을 판 뒤라 땅은 흐물흐물하고 탄탄하지가 않으니까, 묘지를 걷는 발걸음 소리는 네 귀에 들릴 게야. 들리면 누군가 온다는 신호로 휘파람을 불어라. 그 꽃다발은 날 주고, 너는 내가 시킨 대로 해. 자, 가봐라.

시동
(방백) 난 무서워서 이런 교회묘지에 혼자 남아 있을 수 없겠어. 그래도 그렇게 해봐야지. (시동이 퇴장한다.)

패리스
꽃 같은 아가씨, 당신 신방에 이렇게 꽃을 뿌려 드리겠어요. 맙소사! 당신의 무덤 뚜껑이 흙과 돌이라니! 매일 밤 성수를 뿌리고, 그것이 없으면 슬픔으로 짜낸 눈물이라도 뿌려 드리지요. 당신을 위한 장례의 의식으로 밤마다 이렇게 꽃을 뿌리고 눈물을 쏟겠어요. (시동이 휘파람을 분다.) 저 애가 휘파람 부는 것을 보니 누가 오는 모양이군. 밤중에 이런 데를 어슬렁어슬렁 찾아 와서 나의 이 정성어린 장례의식을 방해하려 들다니, 웬 놈의 발목이란 말이냐? 아니, 햇불까지 들고 있다니! 그럼 나는 잠깐 어둠 속에 숨어 있자. (패리스가 물러선다.)

🌸 로미오와 밸서자가 햇불, 곡괭이, 쇠지레 등을 들고 등장한다.

로미오
그 곡괭이와 쇠지레를 이리 줘. 가만있어. 이 편지를 들고 가서 내일 아침 일찍 우리 아버지에게 꼭 전하도록 해. 햇불도 이리 줘. 내가 엄명하지만, 너는 무엇을 듣고 보더라도 저리 물러가서 내가 하는 일을 방해하지 미라. 네가 이 죽음의 잠자리로 들어가는 이유는 아가씨의 얼굴을 보려고 하는 것도 있지만, 사실은 시체의 손가락에서 보석 반지를 뽑아내 가지고 어떤 중대한 일에 쓰려고 하는 게야. 그러니 너는 물러가라. 내가 하는 일을 만약에 수상히 여기고 돌아와서 엿보기만 하면, 맹세하지만, 네놈의 사지를 갈가리 찢어서 이 굶주린 묘지 일대에 흩뿌려 놓겠어. 때마침 밤중인데다가 내 마음도 잔인하기가 굶주린 호랑이나 뒤끓는 바다보다 한층 더 포악하고 잔인하니까 말이야.

뺄서자 예, 저는 물러가고 방해하지는 않겠어요.

로미오 그래야 떳떳하지. 자, 이걸 받아. *(돈지갑을 내준다.)* 가서 잘 살아라. 그럼, 자, 잘 가라.

뺄서자 *(방백)* 저렇게 말하지만 난 이 근처에 숨어 있어야겠어. 안색도 걱정되고, 어쩐지 수상하거든. *(뺄서자가 물러간다.)*

로미오 죽음의 모태란 놈아, 너 이 가증할 배때기야, 이 세상에서 제일가는 진미를 삼켜버리다니! 자, 네놈의 썩어빠진 아가리를 이렇게 쩍 벌리게 하고 *(무덤 뚜껑을 열기 시작한다.)* 분풀이로 내가 음식을 더 처넣어 주겠어.

패리스 *(방백)* 이건 저 추방당한 몬터규 놈이야. 저놈이 내 애인의 사촌 오빠를 죽였기 때문에 그 슬픔으로 아름다운 줄리엣이 죽었지. 그런데 이 교만한 놈이 시체에까지 폭행하려고 여기 왔어. 저놈을 체포해야겠어. *(앞으로 나선다.)* 너 이 몬터규 놈아, 그 고약한 짓을 하지 마라! 시체에까지 복수를 할 수 있겠느냐? 이 망할 놈아, 널 체포하겠어. 잠자코 따라와, 이 죽일 놈 같으니.

로미오 사실 난 죽어야 마땅하지요. 그래서 여기 온 거요. 이봐, 젊은이, 절망한 인간을 성나게 하지 말아요. 이곳을 피해 달아나고 나를 내버려 둬요. 이곳 송장들의 신세를 면하려거든 무서운 줄도 좀 알라고요. 이봐, 젊은이, 제발 부탁이니 나를 성나게 하여 내 머리 위에 다른 죄가 추가되지는 말게 해 달라고. 아, 빨리 돌아가요! 정말 난 당신을 내 몸보다 더 아낀다 이거요. 나는 나 자신을 죽이려고 온 것이니까요. 망설이지 말고 어서 가서 살아남은 뒤에는 미치광이 덕분에 살아남게 된 거라고 말하세요.

패리스 　그따위 호소를 내가 들어줄 줄 아느냐? 너를 중대 범인으로 당장 체포하겠어.

로미오 　기어이 내 울화통을 터뜨리겠단 말이냐? 그럼, 에잇, 받아라! (둘이 싸운다.)

시동 　아이고, 싸움이 벌어졌어! 난 야경꾼을 불러와야겠어. (시동이 달음질쳐 나간다.)

패리스 　아, 나는 다쳤어! (쓰러진다.) 이봐요, 당신에게 인정이 있다면 무덤 뚜껑을 열고 나를 줄리엣 곁에 묻어 줘요. (죽는다.)

로미오 　그렇지. 그런데 어디 얼굴이나 좀 보자. 이건 머큐쇼의 친척 패리스 백작이잖아! 말을 타고 오는 도중에 마음이 어수선해서 귀담아 듣지는 않았지만, 하인 놈이 뭐라고 말을 하기는 하지 않았나? 패리스와 줄리엣이 결혼한다는 말을 한 것 같아. 그놈이 그런 말을 했지, 아마? 아니면, 내가 그런 꿈을 꾸었나? 또는 내가 광란해 있어서 줄리엣의 이야기를 들은 바람에 그렇게 착각한 걸까? 이봐요, 악수합시다. 당신도 나와 똑같이 불행한 운명의 명단에 오른 사람이라고! 영광의 무덤 속에 묻어 드리지. 무덤이라고? 아니, 그건 아니야. 이봐요, 쓰러진 젊은이, 무덤이 아니라 광명의 탑이야. 이곳엔 줄리엣이 누워 있고, 그녀의 아름다움은 이 무덤 속을 광채도 찬란한 향연의 대궐로 만들고 있거든. 고인이여, 죽기로 작정된 자의 손으로 묻혀 여기 고요히 잠들라. (패리스의 시체를 무덤 속에 누인다.) 사람들은 죽기 직전에 흔히 명랑해지는 법이야! 임종을 지켜보는 사람들은 그걸 임종의 섬광이라고 하지. 하지만, 아, 이걸 내가 어떻게 섬광이라 할 수 있겠어? 아, 나의 애인이

로미오 : 이렇게 키스하며 나는 죽는다.

여! 나의 아내여! 당신의 꿀처럼 달콤한 숨결을 모조리 빨아 마신 죽음의 신도 당신의 아름다움에는 아직 힘을 미치지 못하고 있어. 당신은 아직 정복당하지 않았고, 두 입술과 볼에는 미의 깃발이 아직도 빨갛게 나부끼고 있으며, 죽음의 파리한 깃발도 거기엔 못 미치고 있지. 티볼트, 너도 피 묻은 옷을 입은 채 누워 있느냐? 아, 네 청춘을 두 동강이 낸 바로 이 손으로 너의 원수인 내 몸을 찢어 죽이겠는데, 내가 너에게 이것보다 더 큰 호의는 베풀 수 없지 않 겠는가? 티볼트, 나를 용서해 줘! 아, 사랑스러운 줄리엣, 당신은 왜 아직도 이토록 아름답기만 한가?

혹시나 저 유령 같은 죽음의 신조차 당신한테 반하여 그 말라깽이 괴물이 당신을 이곳의 암흑 속에 가두어 둔 채 자기의 애첩으로 삼으려고 하는 건 아닐까? 그럴지도 모르기 때문에 나는 언제까지나 당신과 함께 있고, 이 컴컴한 밤의 대궐을 다시는 떠나지 않을 작정이오. 난 당신의 시녀들인 구더기들과 함께 이곳에 있을 테요. 아, 난 이곳을 영원의 안식처로 삼고, 세상에 지친 나의 육신에서 기구한 운명의 별들의 멍에를 떨쳐버릴 거요. 나의 두 눈이여, 마지막으로 보라! 나의 두 팔이여, 마지막으로 포옹하라! 그리고 아, 생명의 문인 두 입술이여, 정당한 키스로 도장을 찍어서 모든 것을 독점하는 죽음과 영원한 계약을 맺어라! 쓰디쓴 길잡이여, 오라! 냄새 고약한 안내자여, 오라! 지각없는 수로 안내인이여, 바다에 시달리다 지친 너의 배를 당장 암석에 부딪쳐라! 자, 나의 애인을 위해 건배한다! *(독약을 마신다.)* 아, 정직한 약방 영감! 당신 약은 약효가 빠르군, 그래. 이렇게 키스하며 나는 죽는다. *(죽는다.)*

❧ 로렌스 신부가 등불, 곡괭이, 삽을 들고 등장한다.

신부   성 프란체스코여, 보호해 주십시오! 오늘 밤은 이 늙은이의 발목이 왜 이렇게 자꾸 무덤에 걸린단 말인가! 거기 누구요?

뺄서자   신부님을 잘 알고 있는 사람이지요.

신부   너로구나! 그런데 구더기와 눈알 없는 해골들을 쓸데없이 비추고 있는 저기 저 횃불은 뭐냐? 저건 캐퓰리트 가문의 묘지에서 타고 있는 것 같은데 말이야.

뺄서자   바로 그래요. 그리고 신부님의 사랑을 받는 사람이 저기 있어요.

로렌스 신부 : 그럼 나하고 같이
저 무덤으로 가보자.

신부	그게 누군데?
뱰서자	그야 로미오지요.
신부	그가 저기 가 있은 지 얼마나 되었느냐?
뱰서자	반시간쯤 되었어요.
신부	그럼 나하고 같이 저 무덤으로 가보자.
뱰서자	안 돼요. 로미오는 제가 가버린 줄로만 알고 있거든요. 만약 제가 망설이며 자기 거동을 살펴보면 절 죽이겠다고 위협했어요.
신부	그럼 넌 여기 있어. 나 혼자 가보겠어. 그런데 나는 왜 이렇게 불안할까? 꼭 무슨 흉측한 일이 일어날 것만 같아.
뱰서자	저는 이 주목나무 밑에서 졸고 있었는데, 꿈결에 보니 누군가 로미오와 싸우더니 로미오가 그 사람을 죽였어요.
신부	로미오! *(앞으로 나온다.)* 아이고, 이런! 이게 웬 피냐? 이 무덤의 돌 입구를 이렇게 물들이고 있는 피는 뭐냐? 이건 또 웬 말이냐?

주인도 없이 피가 엉긴 칼들이 이 안식처에서 피로 더럽혀진 채 굴러 있다니 말이야. *(무덤 안으로 들어간다.)* 로미오! 아, 창백하구나! 저건 또 누구지? 아니, 패리스도 죽었어? 피투성이 아닌가? 아, 이 무정한 시간을 좀 보라! 이렇게도 비통한 짓을 저질러 놓다니! 줄리엣이 깨어나는군. *(줄리엣이 눈을 뜬다.)*

줄리엣 아, 고마우신 신부님! 그인 어디 있나요? 저는 제가 지금 어디 있어야만 하는지 잘 알고 있어요. 여기가 그곳이지요. 그이는, 로미오는 어디 있어요? *(밖에서 사람 소리가 난다.)*

신부 이봐, 사람 소리가 들려. 자, 죽음과 질병과 부자연스러운 잠의 자리에서 일어나 나가자. 사람의 힘으로는 막을 수 없는 더 엄청난 힘이 우리 계획에 훼방을 놓고 말았어. 자, 어서 나가자. 너의 남편은 네 가슴 위에 쓰러져 죽어 있고 패리스도 죽었어. 자, 나는 너를 수녀원의 수녀들에게 부탁하겠어. 야경꾼이 다가오는 모양이니, 아무 말 말고 어서 나가자. 착한 줄리엣, 아, 난 더 이상 망설이고 있을 수 없어.

줄리엣 신부님이나 나가세요. 전 나가지 않겠어요. *(신부가 퇴장한다.)* 이게 뭐지? 잔이 로미오의 손에 꼭 쥐어져 있잖아. 아마 독약을 마시고 불시에 죽었나 보군. 요 깍쟁이 같으니라고! 모조리 마시고, 내가 뒤따라가지도 못하게 단 한 방울도 남겨 놓지 않았단 말이야? 그럼 난 당신 입술에 키스할 테야. 혹시라도 독약이 입술에 아직 묻어 있다면 생명의 묘약처럼 나를 천당으로 보내 주겠지. *(키스한다.)* 딩신 입술은 따뜻해요!

🌿 *패리스의 시동이 야경꾼들과 함께 묘지에 등장한다.*

신부 : 로미오! 아, 창백하구나!

야경꾼 1	얘, 안내해라. 어느 쪽이냐?
줄리엣	아, 사람 소리가 들리다니! 그럼 빨리 끝장내야지. 아, 다행히도 단도가 있어! *(로미오의 단도를 잡아 뺀다.)* 이 가슴이 네 칼집이야. *(자기 가슴을 찌른다.)* 거기 박혀서 날 죽게 해라. *(로미오의 시체 위에 쓰러져 죽는다.)*
시동	여기에요. 저렇게 햇불이 타고 있잖아요.
야경꾼 1	땅바닥이 피투성이야. 묘지 일대를 수색하라. 자, 한 패는 가서 아무 놈이고 만나는 대로 체포해. *(야경꾼들이 퇴장한다.)* 이게 무슨 꼴인가! 백작은 칼에 맞아 여기 쓰러져 있고, 이틀 전에 매장된 줄리엣은 방금 죽은 것처럼 몸이 따뜻한 채 피를 흘리고 있어. 어서

줄리엣 : 모조리 마시고, 내가 뒤따라가지도 못하게 단 한 방울도 남겨 놓지 않았단 말이야?

가서 영주에게 보고하라. 캐퓰리트 저택에도 달려가라. 몬터규 사람들도 잠자리에서 깨워라. 다른 패들도 가서 수색하라. *(다른 야경꾼들이 퇴장한다.)* 이 불행한 시체들이 쓰러져 있는 장소는 눈앞에 있지만, 이 불행의 진상은 자세히 조사 않고서는 알 도리가 없지.

🌼 *한 패의 야경꾼들이 밸서자를 데리고 등장한다.*

야경꾼 2 이놈은 로미오의 하인인 모양인데, 묘지에서 잡았지요.

야경꾼 1 영주가 여기 도착할 때까지 그놈을 잘 붙잡아 둬라.

🌼 *다른 야경꾼이 로렌스 신부를 데리고 등장한다.*

야경꾼 3 이 자는 수사신부인 모양인데, 덜덜 떨면서 한숨을 쉬며 울고 있지요. 이 자가 묘지 이쪽에서 달아나는 걸 붙들어서 이 곡괭이와 삽을 압수했지요.

야경꾼 1 대단히 수상하다! 이 신부도 붙잡아 둬라.

🌼 *영주가 시종들을 데리고 등장한다.*

영주 새벽부터 무슨 변고가 발생했기에 아침잠도 못 자게 나를 불러내는 거냐?

🌼 *캐퓰리트와 그의 부인이 등장한다.*

캐퓰리트	도대체 뭣 때문에 밖에서 저렇게 떠들지?
캐퓰리트 부인	아, 사람들이 큰길에서 '로미오', '줄리엣', '패리스' 하고 목이 터져라 부르짖으며 우리 가문의 지하묘지 쪽으로 줄달음질치는 군요.
영주	우리 귀를 놀라게 하는 저 무서운 소란은 뭔가?
야경꾼 1	영주님, 패리스 백작은 칼에 맞아 이렇게 쓰러져 있고, 로미오도 죽었지요. 그리고 이미 죽었던 줄리엣도 방금 살해된 듯이 아직 몸이 따뜻하고요.
영주	잘 수사하고 수색하여 이 참혹한 살인의 진상을 규명하라.
야경꾼 1	여기 신부 한 명과 살해된 로미오의 하인이 있는데, 이 자들은 무 덤을 파기에 아주 알맞은 연장들을 가지고 있지요.
캐퓰리트	아, 이런! 여보, 이것 봐요. 우리 딸년이 피를 흘리고 있잖아! 요놈 의 단도가 미쳤어. 저것 봐요. 몬터규 놈의 허리의 칼집은 텅 비었 고, 칼날은 엉뚱하게 우리 딸년의 가슴에 꽂혀 있거든.
캐퓰리트 부인	아이고! 이 주검의 꼬락서니 좀 봐요. 장례식의 종소리처럼 늙은 나를 무덤으로 불러대고 있어요.

🍀 *몬터규가 등장한다.*

영주	이봐요. 몬터규! 당신도 일찍 일어났지만 저걸 보라고. 당신의 외 아들이자 상속자는 당신보다 더 일찍 저렇게 잠이 들어 있지.
몬터규	아아, 영주 각하, 제 집사람이 어젯밤에 죽었지요. 아들이 추방당 한 것을 한탄한 나머지 결국 죽고 말았다고요. 그런데 그 이상의 어떤 불행이 이 늙은이를 못 살게 굴려고 하는가요?
영주	보면 알 거요.

몬터규	아, 이 버릇없는 자식 같으니라고! 제 아비에 앞서서 무덤으로 뛰어 가다니, 이 무슨 짓이냐?
영주	분노의 입은 잠시 닫아 두시오. 우선 이 의혹들을 규명하여 그 뿌리와 원인과 진상을 밝혀내야겠소. 불행을 당하기론 당신들에 못지않은 나요. 내가 앞장을 서서라도 당신들의 원한은 죽음으로 갚게 하겠소. 잠시 참고 불행을 꾹 눌러 두시오. 혐의자들을 이리 불러내라. *(야경꾼들이 로렌스 신부와 밸서자를 데리고 나온다.)*
신부	내가 최대의 혐의자지요. 가장 무력한 내가 때와 장소가 여의치 않은 탓으로 이 무서운 살인의 최대의 혐의자가 되고 말았다고요. 나는 여기 서서 당연한 책임에 관해서는 나 자신을 규탄하고, 정당한 사리에 관해서는 나 자신을 위해 해명하겠어요.
영주	그러면 이 사건에 관해 아는 바를 당장 말해 보시오.
신부	간단히 말씀드리지요. 나도 얼마 남지 않은 여생이니 지루하게 이야기할 여유도 없거든요. 저기 죽어 있는 로미오는 줄리엣의 남편이고, 역시 저기 죽어 있는 줄리엣은 로미오의 성실한 아내였지요. 내가 이들을 결혼시켰지요. 바로 그 비밀 결혼의 날이 티볼트가 횡사한 날이었고, 때 아닌 이 살해 사건 때문에 결혼식을 올린 지 얼마 안 된 신랑은 이 도시에서 추방당했으며, 또한 줄리엣의 슬픔이란 티볼트 때문이 아니라 사실은 남편 로미오 때문이었지요. 그런데 당신들은 따님의 벅찬 슬픔을 제거하기 위해 패리스 백작과 약혼시켜서 억지로 결혼식을 올리려고 했어요. 그래서 따님은 나를 찾아와 심각한 낯으로 이중 결혼을 모면할 방도를 강구해 달라고 간청했고, 여의치 않으면 내 숙소에서 자살하겠다는 것이었지요. 그래서 내가 평소에 배워 둔 수면제를 만들어 주었더니, 뜻대로 효력이 나타나서 줄리엣은 가사상태에 놓이게 되었지

요. 한편 나는 로미오한테 편지를 썼고, 이 무서운 오늘 밤은 마침 약효가 끊어질 무렵이기 때문에 그가 이곳에 와서 나와 함께 줄리엣을 그 임시 매장의 무덤에서 구출해내기로 했었지요. 그런데 내 편지를 들고 간 존 신부는 사고로 길이 막혀 어젯밤 그 편지를 나에게 도로 가지고 왔어요. 그래서 결국 나는 단신으로 줄리엣이 깨어날 예정인 시간에 이 조상의 납골당에서 그녀를 데리고 나오기 위해 찾아왔지요. 그리고 당분간 그녀를 내 숙소에 감춰 두고, 로미오한테는 때를 봐서 연락하려고 했던 것이었지요. 그런데 와 보니 그녀가 눈을 뜰 직전이었는데, 뜻밖에도 패리스 백작과 로미오가 죽어 있지 않겠어요? 마침 그녀가 깨어나자 나는 나가자고 권했고, 또한 이게 다 천명이니까 참으라고도 권했지요. 때마침 나는 사람 소리에 놀라서 무덤을 뛰어나왔는데 그녀는 절망한 나머지 따라 나오려고 않더니만, 결국 자결하고 만 것 같아요. 이것이 내가 아는 진상이지요. 결혼에는 유모도 관여해 있어요. 만약 이 일에 있어 조금이라도 나의 과실이 있다면 어차피 얼마 남지 않은 이 늙은 목숨이니 추상같이 엄한 법에 따라 응분의 처단을 내려 주십시오.

영주 우리는 평소에 당신을 덕망이 높은 신부로 알고 있었소. 그런데 로미오의 하인이란 자는 어디 있느냐? 네가 할 말은 없느냐?

밸서자 줄리엣이 죽었다는 소식을 저는 제 주인이신 로미오에게 전해 드렸지요. 그랬더니 그는 만투아에서 바로 이곳, 이 묘지로 말을 타고 달려왔어요. 그리고 이 편지를 아침 일찍 자기 아버지에게 전하라고 지시한 다음 지하묘지로 들어갔는데, 만일 제가 자기를 여기 혼자 내버려두고 물러가지 않는다면 저를 죽이겠다고 위협했지요.

영주	그 편지를 이리 내라. 어디 읽어보자. 그런데 야경꾼을 불러냈다는 백작의 시동은 어디 있느냐? (시동이 앞 무대로 나선다.) 그래, 네 주인은 이곳에서 뭘 하고 있었느냐?
시동	주인께서는 자기 여인의 무덤에 꽃을 뿌리려고 가시면서 저보고는 저리 물러가 있으라고 명령하셨어요. 그래서 저는 그대로 했어요. 그런데 곧 누군가 횃불을 들고 무덤을 열러 온 사람이 있었는데, 주인님은 대뜸 그분을 향해 칼을 빼어 드셨어요. 그래서 전 야경꾼을 부르러 달려갔어요.
영주	이 편지를 보니, 그들의 사랑의 경위며 줄리엣의 부음이며, 신부의 증언이 틀림이 없고, 또한 이 편지에 의하면 로미오는 어떤 가난한 약방 영감으로부터 독약을 입수해 가지고 이 무덤으로 와서 자살하여 줄리엣과 한 무덤에 매장되려고 한 것도 명백하다. 양쪽 가문의 원수들은 어디 있는가? 캐퓰리트! 몬터규! 자, 당신들의 증오에 대해 어떠한 천벌이 내려졌는지 보시오. 결국 당신들의 기쁨이 되어야만 할 자식들은 서로 사랑하여 도리어 서로 파멸하고 말았다니! 그런데 나도 당신들의 불화를 묵과하고 있다가 친척을 두 사람이나 잃고 말았지. 우린 모두가 벌을 받은 거요.
캐퓰리트	아, 나의 사돈인 몬터규, 나에게 손을 내미시오. 그 손을 딸에게 보내오는 채단으로 삼겠소. 난 그 이상 더 요구할 수도 없으니까.
몬터규	아니요, 더 이상 드릴 테요. 나는 순금으로 따님의 동상을 세우고, 베로나가 그녀의 이름으로 알려지는 동안은 성실하고 정숙한 줄리엣의 동상이 천하제일로 찬양받는 동상이 되게 할 작정이거든요.
캐퓰리트	그러면 나는 그와 똑같이 훌륭한 로미오의 동상을 그의 아내의 동상 곁에 세울 테요. 우리 두 가문 사이의 반목의 가련한 희생의 기

념으로 말이오!

영주 우울한 평화를 가져오는 아침이다. 태양도 슬퍼서 고개를 들지 않는다. 자, 이제는 돌아가서 슬픈 이야기나 더 합시다. 어떤 사람들은 용서를 받고, 또 어떤 사람들은 처벌을 받을 거요. 세상에 슬픈 이야기치고, 이 줄리엣과 로미오의 이야기보다 더한 것은 결코 없었으니까. *(모두 퇴장한다.)*

셰익스피어 인물 소개

셰익스피어의 생애

　　　　　　　우리가 알고 있는 셰익스피어의 생애는 그의
작품 세계와도 일치한다. 현실적 사고방식에 근거한 그의 천재적인 상상은 낭
만적인 환상보다 월등히 높은 차원을 날고 있다. 일리저베드 시대의 전기관(傳
記觀)으로 보든지, 또는 당시 극작가의 미천한 사회적 위치라는 점에서 보든
지, 셰익스피어는 비교적 놀라울 만큼 풍부한 전기의 자료를 남겨두고 있다.
첫째 교회나 관공서, 궁정 등에 남아 있는 기록, 둘째 동시대인들이 셰익스피
어에 대해서 언급한 기록, 셋째 지금까지 전해져 내려온 전설 등이다. 하지만
무엇보다도 그의 작품이 가장 주요한 자료가 될 것이다. 이것은 다른 작가들의
경우처럼 작품 안에 자서전적인 요소가 들어있다는 뜻이 아니라, 그의 작품 전
체를 일관하여 흐르고 있는 셰익스피어의 정신. 또는 그의 내면적인 상(像)을
작품에서 가장 잘 나타내고 있다는 뜻이다.

🐾 유년시대

　월리엄 셰익스피어는 1564년 4월 26일 스트래트퍼드 온에이븐 교회에서 세례를 받았다. 당시 세례에 얽힌 사항들로 미루어 볼 때 그의 탄생 날짜는 23일로 추측되고 있다. 그의 죽음의 날짜 또한 공교롭게도 1616년 4월 23일이었다. 그의 아버지 존 셰익스피어는 다른 고장에서 이사를 와서 이 고장에서 잡화상, 푸주, 양모상 등을 경영하여 부유해졌다. 사회적 지위도 시의 재무관과 시장까지 지낸 바 있었다. 그의 아버지는 부(富)와 출세를 겸한 인물로, 슬하에 자녀를 여덟 명이나 두었다. 그 셋째가 월리엄 셰익스피어이다. 그의 교육과정은 고장 그래머 스쿨을 채 끝마치지 못한 채 오학년 과정에서 중퇴했다고 추측하고 있다. 셰익스피어가 그래머 스쿨조차 모두 마치지 못한 이유는 집안 형편이 어려워 진 탓으로 본다. 시인 벤 존슨은 후일 셰익스피어를 가리켜 '라틴어를 겨우 조금 알고, 그리스어는 거의 모르는 사람' 이라고 평한 바 있다. 그러나 셰익스피어는 문법학교에서 익힌 라틴어를 토대로 라틴의 고전들을 충분히 읽어낼 만큼 총명하고 민첩한 두뇌의 소유자였다.

　셰익스피어의 아버지 존은 시장 시절에 서명(署名)을 클로버 잎으로 대신했다고 한다. 그것은 그가 무학(無學)이었던 탓이라고 보는 학자들도 있지만, 아무튼 그의 경력은 여러 가지로 드라마틱하다. 그의 가문의 쇠퇴는 당시 국내의 격동하는 정치 정세 때문일 것이라는 설이 있다. 존은 경건한 가톨릭 신자였다. 그러던 것이 헨리 8세가 성공회(聖公會)를 내세워 종교개혁을 하는 바람에 가톨릭교도는 타격을 받지 않을 수 없게 되었다. 아마 가정의 이러한 몰락에 자극받아 출세를 위해 셰익스피어는 런던으로 상경했을지도 모른다. 이러한 이유로 부모의 신앙과 관련하여 셰익스피어 개인의 신앙은 과연 가톨릭이었겠느냐, 신교이었겠느냐, 무신론자였겠느냐 하는 논쟁이 자연히 열을 띠게 되었다.

이 고장에는 대학에 진학한 자제들이며 대학 출신의 지식인들도 상당수 있었다. 셰익스피어는 문법학교를 중퇴하게 되자, 어느 변호사의 법률 사무소 서기로 취직했다고 보는 견해가 있다. 머리가 명석한 셰익스피어는 아마 이 서기 시절에 법률 서적을 맹렬히 읽었을 것이다. 예민한 관찰력과 정확한 판단력을 가지고 그는 인위적인 법률의 부조리를 간파했을는지도 모른다. 후일 그의 사극이나 비극에서 전개되는 권력 투쟁의 세계는 이미 이 무렵부터 어렴풋이 그의 뇌리에 어른거렸을는지도 모른다. ≪헨리 6세≫ 제2부에서 재크 케이드 일당의 폭도들은 "법률가를 죽여 버려라!'고 외친다. 이 시골 도시의 장서를 가지고는 셰익스피어의 독서열은 도저히 충족될 수 없는 일이었겠지만, 그래도 그는 ≪성서≫, 홀린세드의 ≪사기(史記)≫, ≪오비드≫ 등의 라틴 고전 문학에 접할 수 있었을 것이다. 셰익스피어는 한 번 읽은 것은 차곡차곡 뇌리에 축적해 두었다가 필요할 때는 누에가 실을 뽑아내듯이 독서에서 얻은 지식을 언제든지 재생해낼 수 있는 비상한 머리를 가진 사람이었다.

🍀 결혼생활

셰익스피어는 1582년 11월 28일 스트래트퍼드의 서쪽 약 1마일 지점에 있는 쇼터리 마을의 지체 있는 한 부농(富農)의 딸인 앤 해서웨이와 결혼했다. 그때 그는 열여덟 살, 신부는 여덟 살 위인 스물여섯이었다. 결혼한 지 5개월 후인 1583년 5월 23일에 큰딸 스잔나가 태어났고, 1585년 2월에는 쌍둥이가 태어났다. 장남 햄네트와 둘째 딸 주디스다. 셰익스피어의 결혼 생활에 대한 기록은 여기서 일단 중단되어 있다. 셰익스피어의 결혼에 대해서는 논쟁이 분분하지만 이들 부부의 결혼 생활은 부자연스럽기보다도 자연스러운 듯싶다. 대개 젊은 청년이 연상의 여성을 사랑할 때 불행으로 끝나게 마련이지만 이 결혼은 성

취된 것이다. 로미오와 줄리엣의 경우처럼 풋내기 젊은 남녀의 불꽃이나 유성같이 눈 깜박할 사이에 사라져 버리고 마는 사랑이 오히려 부자연스러운지도 모른다. 로미오와 줄리엣의 사랑은 셰익스피어와 앤과의 현실적인 사랑의 역설인지도 모른다. 대개 남성은 그 심층 심리에 모성에 대한 영원한 동경을 간직하고 있다고 한다. 햄릿의 경우가 아마 그러하다 하겠다. 예술적인 천재를 지닌 셰익스피어는 이 본능에 있어서 또한 남달리 강렬했음을 보여 주고 있다. 셰익스피어의 결혼 생활이 불행했으리라고 논증하는 학자들이 더러 있지만, 반드시 그렇지만은 않았을 것이다.

그후 1592년, 당시의 대(大)극작가 로버트 그린이 한 푼 없이 비참하게 여인숙에서 죽어 가면서 동료에게 보낸 서한에 다음과 같은 구절이 있다. '우리의 깃으로 단장을 한 한 마리의 까마귀 새끼가 벼락출세를 해가지고, 당신네들 누구에 못지않게 무운시(無韻詩)를 잘할 수 있다고 망상하고 있다. 그뿐 아니라 그자는 온통 자기만이 천하를 셰익 신(振動 shake-scene)케 하고 있는 듯 몽상하고 있다'. 이 구절 중 천하를 진동시킨다는 뜻으로 쓰여진 셰익 신은 셰익스피어의 이름자와 관련된 풍자인 것으로 해석되고 있다. 이 글은 갑자기 런던에 혜성같이 나타나서 연극계를 주름잡기 시작한 초기 셰익스피어의 모습이 엿보이지만, 그는 이렇듯 런던에서 비우호적으로 받아들여졌던 것이다.

그러면 고향에서 기록이 중단된 후, 그린의 이 서한이 나오기까지 약 7년간 그는 대체 어디서 무엇을 했을까? 여기서는 각가지 전설적인 얘기며 추측 등이 전해져 내려오고 있다. 스트래트퍼드의 귀족 루시 경의 숲에서 밀렵(密獵)한 죄로 벌을 받자 셰익스피어는 루시 경을 풍자하는 시구의 방(榜)을 내 붙였다가 끝내는 고향에 있지 못하게 되었다든가, 잠시 이웃 마을의 어느 귀족의 집에서 가정교사를 했을 것이라든가, 이 고장에 찾아온 순회공연 극단을 따라 런던으로 상경했으리라든가….

런던의 연극계에 발을 들여 놓은 셰익스피어는 직책의 선택 여부가 있을 수 없었다. 그는 우선 〈레스터 백작 소속 극단〉에 취직하여 처음에는 관객이 타고 온 말을 보관하는 말지기 역할을 맡아 보았다. ≪맥베드≫에서 밤중 문지기의 훌륭한 대사는 이 시절의 생생한 체험이었는지도 모른다. 그러나 이 무렵 그는 직책은 비록 말지기였으나 극단의 일원으로 가끔 극에 관여할 기회가 있었다. 그는 그런 기회를 잘 이용하여 재능을 인정받아 배우로 등용되었다. 그러나 배우로서의 셰익스피어는 그리 뛰어나지 못했던 것 같다. 후일에도 ≪햄릿≫의 유령 역이나 ≪뜻대로 하세요≫의 애덤 노인 역 등 단역으로 출연했다고 전해진다.

셰익스피어는 극단 전속 작가가 되었다. 당시 극단 전속 작가란 대개 타인의 인기 있는 작품을 개작이나 하는 직책이었다. 일종의 표절이었다. 그러나 당시에는 표절판이 가능할 정도로 판권이 보장되어 있지 않았기 때문에, 타인의 작품을 아무런 구애도 없이 어떠한 형태로든지 개작할 수 있었다.

런던에 상경한 셰익스피어는 〈레스터 백작 소속 극단〉에 발을 들여놓은 후로 이윽고 〈스트레인지 남작 소속 극단〉, 〈궁내 대신 소속 극단〉, 〈국왕 소속 극단〉 등의 일원으로 '극장(劇場 The Theatre)'에서 활동하게 된다. 극장은 런던 시 외곽 북쪽 변두리에 1576년에 세워진 건물이다. 셰익스피어가 소속한 극단은 1599년부터 런던 시의 남쪽 템즈강 건너에 세워진 〈글로브 극장〉에서 활동하게 된다.

그린의 비우호적인 1592년의 기록과는 달리, 1598년 프랜시스 미어즈라는 젊은 학자는 ≪지식의 보고(寶庫)≫라는 책자에서 셰익스피어의 몇몇 극을 관람한 사실을 들어 격찬을 아끼지 않고 있다. 그가 관람했다는 극 중에는 다음 작품들이 열거되어 있다. ≪베로나의 두 신사≫, ≪착오 희극≫, ≪사랑의 헛수고≫, ≪사랑의 수고의 보람(이것은 셰익스피어의 어느 극을 두고 말한 것인지 알수 없다)≫, ≪한여름 밤의 꿈≫, ≪베니스의 상인≫, ≪리처드 2세≫, ≪리처드 3세≫, ≪헨리 4세≫, ≪존 왕≫, ≪타이터스 앤드로니커스≫, ≪로미오와 줄리엣≫ 등. 이 기록으로 보아 셰익스피어는 초기에 이미 사극, 희극, 비극에 모조리 손을 댄 것이 된다.

그가 최초로 제작한 사극 ≪헨리 6세≫ 제 1, 2, 3부(1590~2)와 ≪리처드 3세≫ (1592~3), 이 네 편의 사극은 하나의 체계를 이루고, 왕권을 에워싼 귀족들의 갈등에 의한 질서와 무질서의 대립이 빚어내는 국가의 혼란과 불안, 권불십년(權不十年), 인과 응보 등의 외적인 양상이 추구되고 있다. 이 시기의 단 한 편의 비극인 ≪타이터스 앤드로니커스≫(1593~4)는 당시 유행이던 유혈 복수의 비극에 있어서도 토머스 키드와 같은 선배 극작가의 '스페인 비극'을 능가하고 있음을 실증해 주고 있다.

이 습작기에 셰익스피어는 희극에 있어서도 솜씨를 발휘하기 시작했다. ≪착오 희극≫ (1592~3)을 비롯하여 ≪말괄량이 길들이기≫(1593~4), ≪베로나의 두 신사≫(1594~5), ≪사랑의 헛수고≫(1594~5) 등이 그것들이다. 이 초기 희극들은 현실 세계와 낭만 세계를 차례로 전개시켜 본 희극들이다. 이 두 개의 세계는 교체 성장(交替成長)하여 다음 시기의 ≪한여름 밤의 꿈≫(1595~6)을 계기로 완전히 융합되어, 제 2기의 로맨틱 코메디(浪漫喜劇)라는 새로운 희극이 탄생하게 된다.

이 무렵 또한 그는 장편의 이야기 시 ≪비너스와 아도니스≫(1593년 출판)와 ≪루크리스의 능욕≫(1594년 출판)을 이미 친밀히 교제하게 된 유력한 귀족 청년 사우샘프턴 백작에게 바친 바 있다. 그의 ≪소네프 집(集)≫ 또한 이 무렵에 쓰여 진 듯하다. 그의 습작기는 동갑인 말로 Marlowe의 영향을 받았다. 그러나 그의 희극들의 탄생으로 그는 이미 말로의 영역을 초월하게 되었다. 만인(萬人)의 마음을 가진 셰익스피어는 고귀한 정신의 상승과 몰락의 묘사에 그치지 않았으며, 컴컴한 고독이나 비극만을 추구하지도 않았다. 그는 인생의 즐거운 면에도 주목했다. 초기의 희극들은 벌써 인생의 밝은 면, 즐거운 면에 눈길을 돌린 증거이다.

셰익스피어의 습작기가 끝날 무렵에 그의 선배 작가이자 경쟁 작가들인 '대학재파(大學才派)'의 극작가들은 그린(1592년)이나 키드(1594년) 같이 빈곤 속에 비참하게 세상을 떠나거나 또는 말로(1593년) 같이 정치 음모로 암살되는 등, 그 밖의 대학재파들도 모두 비참하게 연극계를 떠나게 되었다. 오늘 날 문학사에 남은 대학재파들은 7~8명밖에 안되지만, 당시 실제 활동한 대학재파들은 20명 전후가 되지 않았나 싶다. 그들은 모두 셰익스피어에게 호의를 갖지 않은 경쟁 작가들이다. 그것은 셰익스피어가 굉장히 많은 수나 양을 나타내는 것의 이미지로 20(Twenty)을 사용하고 있는데, 이 20이란 숫자의 이미지는 그의 전 작품을 통해 150회나 사용되고 있다. 이와 같은 이미지는 그의 20명의 경쟁 작가가 무한히 많은 숫자로 여겨진 데서 온 것인지도 모른다.

🌸 발전기

셰익스피어는 제 2기에 접어들면서 그의 집념이었던 비극을 시도하였다. 그의 최대 관심인 사랑을 주제로 한 ≪로미오와 줄리엣≫(1594~5)이 그것이다. 그러나 이 극은 아직 그의 역량을 가지고는 성격 창조에까지 미치지는 못하고 그 아름다운 서정성에도 불구하고 한낱 운명 비극으로 그친다. 그의 이 시기는 사극의 체계가 매듭지어지고, 로맨틱 코미디가 완성된 시기이기도 하다.

이와 같은 보람찬 작품 제작과 더불어 그의 주변 또한 활발한 양상을 보여 준다. 기록에 의하면 당시 런던에서는 매년 되풀이되다시피 여름철에는 전염병이 창궐했다고 한다. 당시 런던은 인구 20만 내외의 도시였는데, 그런 전염병이 한 번 휩쓰는 날이면 인구의 십 분의 일이 죽어 없어질 정도로 전염병은 위세를 떨쳤다고 한다. 전염병이 창궐하면, 그렇잖아도 우범지대로 여겨지던 극장이었으니까, 극장은 폐쇄되고 극단은 지방 순회공연에 나섰다. 우리는 ≪햄릿≫에서 그런 지방 순회 극단의 경우를 볼 수 있다. 셰익스피어가 소속한 극단은 비교적 큰 극단이었기 때문에 전속 극작가인 셰익스피어는 지방 순회에 동행하지 않고 전염병을 피하여 고향에 돌아가 있었으리라고 생각된다.

셰익스피어가 발전기인 제 2기에 사극의 체계를 매듭짓고 낭만 희극을 완성했음은 앞에서 밝힌 바와 같다. ≪리처드 2세≫(1595~6), ≪헨리 4세≫ 제 1, 2부(1597~8), ≪헨리 5세≫(1598~9), 이 네 편의 사극은 셰익스피어의 이른바 제 2군(群)의 사극으로 제 1군의 사극과 마찬가지로 질서와 무질서의 대결이 전개된다. 제 1군의 사극에서 벌어지는 장미 전쟁의 치욕적인 역사의 원인으로 파악되고 있다.

군왕의 자질이 결여된 리처드 2세는 권모 술수가이자 기회주의자인 그의 사촌 헨리 볼링블루크에 의해 왕위를 찬탈 당한다. 헨리 볼링브루크는 왕위를 찬탈하여 헨리 4세가 된다. 헨리 4세는 왕위를 불법적으로 탈권한 죄의식에 일생을 두고 정신적으로 시달림을 받으며 내란은 끊이지 않는다. 그의 아들 헨리 5세는 내란을 수습하고 프랑스로 출정하여 애진코트의 대승리로 국위를 선양한다. 그러나 그는 요절하고 만다. 그의 아들 헨리 6세가 기저귀를 찬 갓난아이로 등극한다. 헨리 6세 시대에 장미 전쟁이 벌어져서 국가는 아비규환의 수라장으로 변하고 삼십여 년간 국민은 지옥의 고통에 시달린다.

이와 같은 혼란과 혼돈은 제 2군의 사극에서 헨리 4세가 리처드 2세의 정당한 왕권을 불법적으로 찬탈한 데에 기인한 것이라는 인과 응보의 인식인 것이다. 제 1군의 사극과 제 2군의 사극을 통하여, 셰익스피어는 무질서의 이면에 영원한 질서와 평화의 존재를 깊이 인식하고 있는 것이다. 우리는 셰익스피어를 르네상스적 낭만 정신의 기수로 알고 있다. 그러나 한편 그는 그의 사극에서 보여 주고 있다시피 중세기의 전통적인 질서 개념을 그의 정신의 밑바닥에 가지고 있었다. 이것 역시 그의 이중 영상, 이원성이라고 하겠다. 이 시기의 《존 왕》 (1596)은 8편의 사극과 커다란 질서 체계와는 무관한 고립된 사극이다.

이 시기에 꿈의 세계와 현실을 비로소 완전히 융합시킨 낭만 희극들이 쏟아져 나오게 되는데, 그 첫 낭만 희극 《한 여름 밤의 꿈》은 어떤 귀족의 결혼 축하연을 위해 제작된 것이 분명하다. 셰익스피어의 극이 그의 소속 극단에 의해 일리저베드 여왕이나 제임즈 1세 어전에서 상연되었다는 기록들이 더러 있다. 셰익스피어의 극에는 여왕을 찬양한 구절들이 여기저기 나타나 있고, 《맥베드》와 같은 극은 제임즈 1세를 위해 쓰여진 것으로 보여 지고 있다.

다음의 낭만 희극 《베니스의 상인》(1596~7)은 그의 극중에서 가장 유명한 극의 하나로, 그 이유는 아마 여기에 등장하는 유대인 고리대금업자 샤일록의 성격 창조 때문일 것이다. 동기야 어떻든 결과적으로 샤일록은 비극적인 인물이 되고 말았다. 낭만 희극을 불구(不具)로 하고 만 셈이다. 그러니 이 극은 비록 유명하긴 하지만 좌절된 낭만 희극이라고 할 수 있다. 재판 장면에서 포셔의 자비론(慈悲論) 또한 유명한 대사이긴 하지만, 이것 역시 그리스도교의 위선의 냄새를 풍기고 있다.

《헛소동》(1598~9)은 낭만극 치고는 당치도 않게 음모, 간계를 주제로 한 극이다. 그 음모는 비극 《오델로》와 같은 성질의 것이다. 그러나 이 극이 비극으로 결말지어지지 않고 행복한 끝을 맺게 되는 것은 아직 작가에 있어 내면적인 폭풍이 휘몰아쳐 오지 않고, 이성과 상식의 정신이 작가의 마음을 지배하고 있는 탓이라 하겠다. 《뜻대로 하세요》(1599~1600)는 목가적인 전원극이다. 그러한 그 목가의 이면에는 골육상잔(骨肉相殘)이 도사리고 있다. 《십이야》 (1599~1600)는 정묘한 낭만 희극이면서도 거기에는 청교도와 당국에 대한 사정없는 풍자가 담겨져 있다. 이렇듯 이상의 모든 낭만 희극들이 즐겁고 명랑한 외관의 밑바닥에 모두가 비극적인 문제점을 안고 있다.

이와 같이 셰익스피어는 즐거움 속에서도 슬픔을 잊지 않았으며, 감미로운 사랑을 맹세할 때도 시간의 잔인한 낫이 그 사랑을 내리치는 소리를 귓전에 아니 들을 수 없었던 것이다. 그의 이중 영상은 점점 심오해져 간다. 특히 현상과 실재 사이의 파행(跛行)의 인식은 더욱 심각해져 간다. 그의 통찰과 인식이 깊어지고 표현 기술이 능숙해지자, 그는 본격적으로 비극의 문제와 씨름을 시작했다. 비극기에 접어들 무렵에 낭만 회극과는 다소 이질적인 ≪윈저의 명랑한 아낙네들≫(1600~1)이 나왔다. ≪헨리 4세≫ 극에서 활약한 바 있는 근대적 인물 폴스태프의 희극성에 감명을 받은 일리저베드 여왕이 폴스태프가 사랑을 하는 희극을 보여 달라는 요청을 하자, 그 요청에 의해 이 극이 집필되었다고 전해진다. 그러나 이 극에서의 폴스태프는 이미 전날의 생기를 잃고 있다.

🍀 위대성의 개화

셰익스피어의 비극기(悲劇期)는 ≪줄리어스 시저≫(1599)를 가지고 막이 열린다. 고매한 이상을 가진 브루터스는 로마의 독재화를 막기 위해 시저를 쓰러뜨린다. 그러나 냉혹한 정치 세계에서 이상주의는 현실에 패배할 수밖에 없다. 셰익스피어가 비극을 쓰게 된 내적인 동기는 앞에서 언급했지만, 그 동기를 외적으로 추구하는 학자들이 있다.

그것은 에섹스 백작의 실각 사건(1601)이다. 당시 에섹스 백작은 일리저베드 여왕의 궁정에서 정신(廷臣)의 정화(精華)이자 권력의 상징이었다. 그는 또한 여왕의 사촌뻘로 한때는 여왕의 가장 두터운 총애를 받았고, 여왕의 배필 후보자로까지 지목되던 인물이다. 또한 셰익스피어의 후원자 사우샘프턴 백작과는 친밀한 사이였다. 에섹스 백작은 아일랜드 반란군 진압 사령관으로서의 임무를 다하지 못한 책임에다, 여왕의 시녀와 벌인 연애 사건으로 여왕의 노여움을 사게 되었다. 에섹스 백작은 평소 자신을 리처드 2세를 타도한 헨리 볼링브루크에 비교하고 있었다. 그는 쿠데타를 결심하고, 거사 전날 밤 셰익스피어의 극단으로 하여금 《리처드 2세》를 〈글로브 극장〉에서 상연케 하였다. 그리고 그 이튿날 그는 부하 일당을 거느리고 런던 시내로 몰려 들어가며 시민들의 호응을 기대했다. 그러나 시민들은 아무런 반응이 없었고 그의 거사는 실패로 돌아갔다. 그로 인해 그는 사형을 선고받았다. 여기에는 그의 강력한 정적(政敵) 로버트 세실의 작용도 있었다. 에섹스 백작은 이제 형장의 이슬로 사라지고, 그의 친한 친구이자 셰익스피어의 후원자인 사우샘프턴 백작도 실각하게 된다.

  거사 전날 밤 《리처드 2세》를 〈글로브 극장〉에서 상연한 일로 해서 셰익스피어의 극단도 당국으로부터 문책을 받게 되었으나, 별 탈은 없었다. 천하를 주름잡던 세도가가 갑자기 실각하고 만 것이 셰익스피어에게는 과연 어떻게 비쳤을까? 더구나 실각의 주인공은 그의 친지였으니 말이다. 에섹스 백작의 모반 사건은 1601년 셰익스피어가 서른일곱 살 때의 일이었다. 당시 크고 작은 쿠데타 사건은 끊임없이 일어났다. 유대인 의사 로페즈의 여왕 암살 음모 사건은 《베니스의 상인》 샤일록에 암시되어 있고, 의사당 폭파 사건은 《맥베드》의 문지기의 대사에서 언급되고 있다. 이와 같이 셰익스피어의 작품에는 당시 시사적인 사건이며, 관습적인 일 등이 여러 곳에서 언급되고 있다.

  오늘 날 역사적 비평은 그런 문제들을 샅샅이 해명하고 있다. 일리저베드 여왕은 국민과 일치할 수 있는 위대한 영도자였으며 이 시대에 영국이 비약적인 발전을 한 것은 사실이지만, 당시 종교 문제, 대외 문제, 여왕 후계자 문제 등 전진을 위한 신통이 필연적인 현상으로 크고 작은 반역 사건이 잇달아 일어났다. 따라서 확고한 안정이 요청되었으므로 여왕은 정권을 유지하기 위해 에섹스 백작의 경우와 마찬가지로 무자비한 숙청을 하지 않을 수 없었다. 당시 역적의 죄목 아래 교수대의 제물이 된 고관대작들은 부지기수였다. 맥베드가

덩컨 왕을 암살하고 나오는 장면에서 피가 낭자한 자기 손을 보고 '이 망나니의 손'이라고 한 구절이 있다. 당시 사형 집행관은 교수대에서 죄수를 처형하고 나면 곧 시체의 배를 단도로 갈라 내장을 사방에 뿌리는 관습이 있었다. 어떤 사형집행관은 그 솜씨가 어떻게나 익숙했던지 사형 직후 시체에서 염통을 도려냈을 때 그 염통이 그대로 고동치고 있었다고 한다. 사형 집행관들의 솜씨가 이 경지에 도달할 만큼 역적의 처형이 잦았던 것이다. 그리고 역적의 머리는 런던 탑 위에 내걸려졌다. 셰익스피어는 이들의 죽음에 심적인 타격을 입은 바 있다. 그래서 이들의 죽음과 엑섹스 백작의 실각 등을 그의 비극기의 외적 동기로 보는 학자들이 있다.

그의 비극기에는 세 편의 희극 ≪트로일러스와 크레시더≫, ≪끝이 좋으면 다 좋다≫, ≪이척 보척≫ 등이 있다. 이 희극들은 초기 희극, 제 2기의 낭만 희극들과는 전혀 다른 어두운 희극들이다. 학자들은 근래에 이 희극을 '문제극'이라고 이름을 붙였다. ≪트로일러스와 크레시더≫(1601~2)는 배신과 혼란이 주제가 된다. 문제는 미해결의 장(章)으로 남을 뿐 아니라 뒷맛이 씁쓸하고 개운치 않은, 이름만의 희극이다. 또한 이 극은 당시 영국의 신구(新舊) 두 사상이 소용돌이치던 세태의 일면을 보여 준다. ≪끝이 좋으면 다 좋다≫(1602~3)는 그 제목이 말하는 바와 같이 끝만이 해피엔딩으로 끝나는 역시 씁쓸한 희극이다. 사랑을 위해 간계의 수단이 이용되는 희극이다. ≪이척 보척≫(1604~5)은 부패와 위선의 악취가 코를 찌르는 희극이다. 이 세 편의 희극들은 모두 비극의 비전에서 쓰여 진 것이며, 작가가 다만 끝맺음만을 희극으로 맺은 것이다.

셰익스피어의 대비극에는 왕후 귀족 등 위대한 인물들이 등장한다. 그리고 그 비극은 주인공들의 성격 결함에 의한 내적 갈등이 보다 큰 비중을 차지한다. 이들 성격 비극은 ≪로미오와 줄리엣≫이나 '그리스 비극' 등의 운명 비극과는 차원이 다른 것이다. 게다가 그 주제는 제왕의 이미지를 요란스럽게 울려댄다. 거기에는 국가 사회 질서의 파괴와 그 회복이라는 거대한 전제가 있기 마련이다. 실체와 외관은 깊이 통찰되고 이중 영상은 심오하리만큼 입체적, 동적이다.

《햄릿》(1600~1)은 너무나도 유명한 극이다. 이 극의 주인공은 앞서 논한 엑섹스 백작과도 일맥상통하는 점을 가지고 있다. 이 극에서도 인간 본질의 이원성이 여실히 파헤쳐지고 있다. 이성과 감정, 망상과 행동, 천사와 악마, 판단력과 피의 복수 등 작가의 이중 영상이 다각도로 표현된 작품이다. 《오델로》(1604)는 대비극들 중에서도 그 배경 설정이 특이한 극이다. 주인공들의 운명과 국가 사회의 운명과는 무관하다. 가정 비극으로 신의와 질투와 음모를 주제로 한 비극이다. 《리어 왕》(1605)은 망은, 배신, 분노 등을 주제로 한 엄청나게 거대한 비극이다. 《맥베드》(1606)는 시역자(弑逆者), 악인이 겪는 심적 고통을 그린 악몽의 비극이다. 같은 악인이라도 리처드 3세는 맥베드와 같은 심적 고통은 겪지 않고 악을 실컷 발휘한 후, 그저 절망 속에 죽을 뿐이다. 맥베드 또한 절망 속에 죽는다. 다른 비극의 주인공들이 영혼의 구원을 받고 죽는데 반해 맥베드는 절망 속에 죽는데, 이보다 비참한 비극은 없을 것이다.

《엔토니와 클레오파트라》(1606~7)와 《코리올레이너스》(1607)는 《줄리어스 시저》와 더불어 로마사에 의거한 사극들이다. 《엔토니와 클레오파트라》는 거의 우주적인 규모의 초월적인 인간주의가 전개되는 대비극이다. 《코리올레이너스》는 취약한 또는 위선적인 애국심을 바탕으로 한 거인의 비극에다 군중의 가공할 힘을 엿보여 주고 있다. 《아테네의 타이먼》(1607~8)은 '리어 왕'과 쌍둥이로 그 사산아로 보여질 만큼 주인공의 인간 혐오와 반응의 주제는 자못 시니컬하다.

1607년 6월 5일 셰익스피어는 고향에 돌아왔다. 장녀 스잔나는 유능한 의사 존 홀과 결혼했다. 1608년 2월 7일에는 외손녀 일리저베드의 탄생을 보았다. 이 무렵 영국의 극장은 종래의 노천극장보다 옥내 소극장으로 그 취향이 변해

갔다. 셰익스피어 극단은 이미 오래전부터 블랙프라이어즈 옥내 소극장에서 겨울철이나, 야간이나, 우천에도 귀족 등 소수의 상류 계급 관객들을 상대로 공연을 하고 있었다.

🍀 만년

셰익스피어가 만년에 정착한 곳은 로맨스였다. 낭만극은 이 무렵의 조류이 기도 했다. 그의 낭만극은 모두 다 음모, 배신에 의한 혈육의 이산(離散)으로부 터 재회와 상봉, 그리고 관용과 화해를 주제로 한 것이었다. ≪페리클리즈≫ (1608~9), ≪심벨린≫(1609~10), ≪겨울 이야기≫(1610~1) 등은 모두 혈육의 상 봉과 관용의 극들이다. 마지막 로맨스 ≪태풍≫(1611~2)의 주인공이 마의 지 팡이를 바닷속에 버리고 귀향하는 모습은 극작의 영필을 버리고 귀향하는 작 가 자신을 연상케 한다. 비극으로부터 낭만극으로의 변천을 두고 셰익스피어 자신이 신교로 귀의했다고 논하는 상징주의적 해석도 있다. 이제 비극 시대와

같은 고뇌와 부조리는 가셔지고 신에게 귀의한 종교적 신앙의 은총이 유난히 돋보이게 된다. 마지막의 또 한편의 고립된 사극 ≪헨리 8세≫(1612~3)는 합작설이 유력하다.

셰익스피어는 젊어서부터 건실하고 실리적인 경제관념을 가지고 있었다. 그의 생활 태도에는 절도가 있었으며, 성품은 온화하고 언행이 일치했으며, 은퇴할 무렵에는 고향에서 생활이 윤택했으며, 은퇴한 후에도 가끔 런던을 방문한 듯하다. 그의 은퇴 후, 벤 존슨이 영국 최초의 계관시인이 된 것을 축하하며 몇몇 친구들과 스트래트퍼드에서 만나서 주연을 가진 후 셰익스피어는 발병하여 52세에 사망하였다. 그의 기일은 1616년 4월 23일이다. 유해는 고향의 홀리 트리니티 교회 가장 안쪽에 가족들의 유해와 함께 잠들어 있다.

셰익스피어는 실존 인물 인가?

셰익스피어의 전기 기록은 당시 문인의 사회적 지위로 비추어 볼 때 놀라울 만큼 풍부한 셈이다. 정통파 학설은 스트래트퍼드 출신의 극작가 셰익스피어를 믿어 의심치 않지만, 일부 저널리즘 계통으로부터 심심찮게 그의 생애에 관해 이설이 제시되고 있다. 독자들의 오해를 풀기 위해 이설의 정체를 간단히 소개해 두겠다.

그 하나는 1759년 어떤 광대극의 다음과 같은 대사에서 비롯된다. '셰익스피어의 저자는 벤 존슨이다.', '아니다, 그것은 피니스(Finis)이다. 그의 전집 맨 끝에 그렇게 적혀 있지 않더냐?', 이와 같은 웃지 못할 대사가 있지만, 이로부터 약 백 년 후 셰익스피어의 저자는 프랜시스 베이컨(Francis Bacon)이라는 이설이 심각하게 대두되기 시작했다. 그런데 이 이설들의 바닥에는 다음과 같은 의혹이 깔려 있었다. 셰익스피어와 같은 엄청나게 위대한 시와 철학을 과연 어떤 사람이 모조리 지닐 수 있겠는가? 이것이 가능하다고 하더라도 그 사람은 박식하고, 세도 있고, 견문이 넓으며, 외국어에도 능숙한 사람이어야 하지 않겠는가? 그렇다면 스트래트퍼드 출신의 촌뜨기 배우가 과연 그렇다는 증거가 어디 있는가?

정통파의 견해로는 당시의 문인치고 셰익스피어는 전기가 많은 편이라고는 하지만, 그의 공적, 사적, 외적, 내적인 사실과 기록은 그토록 위대한 작가의 기록치고는 아주 적은 편이다. 그래서 그를 우상같이 숭배하는 사람들은 역설 같지만 그 우상의 진흙으로 만들어진 다리를 찾기 시작했다. 범인(凡人)은 그와 같이 위대한 작품을 쓰지 못할 것이다. 따라서 셰익스피어는 범인일 수 없으며, 그 작가는 그와 같은 요건을 충족시키는 특수 인물일 것이라는 설이다. 이것은 마치 추리 소설과도 같은 이야기다. 여기에 또 한 가지 중요한 충족여건이 있다. 그것은 그가 어떤 이유가 있어 자기 이름을 정면으로는 밝힐 수 없었을 것이라는 설이다.

프랜시스 베이컨이 같은 시대인으로서는 그와 같은 요건을 모두 갖추고 있다 그리하여 베이컨을 셰익스피어 극의 작가라고 하는 주장이 특히 미국에서 한때 상당히 유력했다. 게다가 베이컨은 또 암호법에 조예가 깊었다. 작품 안에 저자가 베이컨임을 알아볼 수 있게 하는 암호들이 산재해 있다는 것이다. 예를 들어 ≪사랑의 헛수고≫(제 5막 제 1장)에 나오는 'honorificabilitudinitatibus' 라는 조어의 뜻은 ' 프랜시스 베이컨의 정신적 소산인 이 극들은 후세에 영속하리라 '를 뜻하는 라틴어의 암호라고 풀이하라는 이설이 있다. 그 근거는 그의 극의 출원이 여러 가지로 확실한 것으로 미루어 각색 또한 여러 사람의 공동 집필로 이루어진 것이며, 프랜시스 베이컨과 월터 롤리의 공동 집필, 또는 옥스퍼드 백작을 중심으로 한 베이컨, 말로, 롤리, 더비 백작, 러틀런드 백작, 팸브루크 후작 부인 등의 집단 집필로서, 이때 연극 기교에 관한 전문 지식이 요청되었을 것이므로, 셰익스피어는 그 편찬, 또는 교정 같은 일을 했을 것이다.

셰익스피어의 결혼에 관계되는 기록으로서, 1582년 11월 27일 사 우스터 주교 교구 기록에 'Wm Shakspere and Anna Whateley' 라는 기록과 그 다음 날짜에 'Willm Shakspere to Anne Hathaway' 라는 기록이 있는데, 정통파에서는 'Whateley' 는 'Hathaway' 의 오기일 것이라고 보고 있지만, 1939

년과 1950년에 각각 다른 스코틀랜드 학자가 주장하기를, 미스 횟틀리(Miss Whateley)는 셰익스피어의 애인으로 앤 해서웨이에게 패배하여 수녀가 되어 셰익스피어와는 정신적으로 결합하여 그와 같은 극을 함께 제작했을 거라는 것이다.

다음으로 말로 설이 있는데, 셰익스피어와 태어난 해가 같으나, 요절한 말로의 셰익스피어에 대한 영향은 정통파에서도 인정하고 있는 바이지만, 근래에 미국의 신문 기자 캘빈 호프맨은 《셰익스피어라는 사람의 살해 문제》라는 저서에서 말로는 그의 후원자 토머스 월징엄(T. Walsingham)경의 사주자들의 손에 살해된 것이 아니라, 그가 무신론자로서 처형되는 것을 미리 막기 위해 월징엄 경이 피살을 가장하여 그를 유럽 대륙으로 도피시킨 것이다. 그래서 그는 후일 비밀리에 귀국하여 월징엄 경의 집에 은신하여 셰익스피어라는 이름으로 극작을 발표한 것이라고 주장했다. 호프맨은 또한 월징엄 경의 무덤을 발굴하는 허가를 얻어 발굴에 착수했으나, 거기에 있으리라고 예상했던 셰익스피어의 원고는 발견되지 않았고 미처 무덤 현실까지는 파보지 못한 채 발굴을 중단당한 일이 있었다. 그래서 요사이 스트래트퍼드에 있는 셰익스피어의 무덤을 발굴해 보자는 말도 있다.

다음은 옥스퍼드 백작 설이다. 옥스퍼드 백작 에드워드 비어의 가문(家紋)의 하나로 사자가 창(spear)을 휘두르고 있는(shake) 것이 있다. 그의 별명이 '창을 휘두르는 사람(speare shaker)' 이었으며, 그는 사우샘프턴 백작과 더불어 셰익스피어의 후원자로 알려진 사람인데, 사우샘프턴 백작이 그와 일리저베드 여왕 사이의 소생이라는 풍문이 나돌 정도였던 만큼, 그와 궁정과의 어떤 부득이한 사정 때문에 그는 자기의 작품에 셰익스피어라는 가명을 사용했거나, 스프래트퍼드 출신의 배우 셰익스피어의 이름을 빌려 쓴 것이라는 이설이 있다.

또는 셰익스피어라는 스트래트퍼드 출신의 대금업자가 궁색한 극작가들에게 금전을 융통해 준 대가로 작품의 작가를 자기 이름으로 하게 했을 것이라는 이설도 있다. 또 하나의 이설은 그의 ≪소네트 집≫에 나오는 'Mr. W. H.'가 누구냐?, '흑발의 미녀(dark lady)' 나 '미청년(fair youth)' 은 과연 누구냐? 하는 것이다.

그의 소네트가 원래 개성적인 요소를 강하게 풍기고 있기 때문에 이 점들에 관해서는 정통파 학자들 사이에도 논쟁이 분분하지만, 말로 설의 주장자들은 '미청년' 을 당시의 동성애와 관련시켜 말로의 동성애를 증거로 셰익스피어 소네트의 저자를 말로라 단정하고, Mr. W. H.를 앞서의 월징엄의 약기(略記)라고 주장한다.

같은 자료와 같은 사실을 가지고 이러한 설들은 이렇게 기묘한 결론에 도달하고 있지만, 오늘 날 정통파 학자들은 스트래트퍼드의 셰익스피어의 실존성에 대해 추호도 의심하지 않는다.

셰익스피어의 연표

1556년

존 셰익스피어, 스트래프퍼드 온 에이븐의 헨리 가(街)와 그린힐 가(街)에 주택을 구입.

1557년

존, 윌코트의 메리 아든과 결혼.

1558년

일리저베드 여왕 즉위.

존의 장녀 쥬오운 출생(9월 10일 세례).

존, 시의 치안관에 선임.

1559년

존, 스트래트퍼드 시의 벌금부과역에 취임.

1561년

존, 시의 재무관에 취임.

1562년

존의 차녀 마거레트 출생(12월 2일 세례).

1563년

마거레트 사망(4월 30일 매장).

1564년

존의 장남 윌리엄 셰익스피어 출생(4월 23일?).

윌리엄, 호울리 트리니티 교회에서 세례(4월 26일).

존, 역병으로 인한 빈민의 구제를 위해 다액의 기부를 함.

1565년(1세)

존, 시의 참사의원으로 피선.

1566년(2세)

존의 차남 길버트 출생(10월 13일 세례).

1568년(4세)

존, 시장에 취임.

1569년(5세)

존의 3녀 쥬오운 출생(4월 15일 세례. 사망한 장녀와 이름이 같음).

1571년(7세)

존, 시 참사원의 의장 격인 치안관에 취임.

존, 리처드 퀴니 상대로 50파운드의 채권 독촉의 소송을 제기함.

존의 4녀 앤 출생(9월 28일 세례).

1572년(8세)

귀족의 보호 없는 배우는 불량배로 취급되는 조령(條令)이 포고됨.

1573년(9세)

존, 헨리 히그퍼드에 의해 30파운드의 채무 이행의 소송을 받음.

1574년(10세)

존의 3남 리처드 출생(3월 11일 세례).

역병으로 인해 런던에서 연극 상연 금지.

1575년(11세)

존, 주택 구입에 40파운드 투자.

1576년(12세)

런던에 최초의 공개 상설극장의 건립 착수. 이것은 '극장' (The Theatre)이라 불리어졌음.

1577년(13세)

존, 이 무렵부터 공식 석상에 나타나지 않음.

1578년(14세)

존, 가옥을 담보로 40파운드의 빚을 냄(11월 14일).

1579년(15세)

존, 아내의 재산을 일부 처분함.

4녀 앤의 사망(4월 4일 매장).

1580년(16세)

존, 아내의 재산을 저당함.

존의 4남 에드먼드 출생(5월 3일 세례).

1582년(18세)

윌리엄 셰익스피어와 앤 휏틀리(Anne Whateley)와의 결혼 허가서 발행(11월 27일).

윌리엄 셰익스피어와 앤 해더웨이(Anne Hathaway)와의 결혼 보증인 연서(11월 28일. 이날 결혼함).

1583년(19세)

윌리엄의 장녀 수자나 출생(5월 28일 세례).

1584년(20세)

작자 미상의 《왕후귀감》을 웨스툰이 편찬히여 출판.

1585년(21세)

윌리엄의 쌍동아 햄네트(장남)와 주디드(차녀) 출생(2월 2일 세례).

1586년(22세)

필리프 시드니 전사(戰死).

1587년(23세)

존, 시 참사의원에서 제명당함. 윌리엄, 이 무렵에 상경(?).

스코틀랜드의 메리 여왕, 엘리자베스 여왕에 의해 처형됨(2월 8일).

1584년(24세)

스페인의 무적함대, 영국 해군에게 격파당함(7월 28일).

1590년(26세)

≪헨리 6세≫ 제 2부와 제 3부 집필(?).

1591년(27세)

≪헨리 6세≫ 제 1부 집필(?)

1592년(28세)

≪헨리 6세≫ 제 1부, 〈스트레인지 소속 극단〉에 의해 상연(?)(3월 3일).

로버트 그린, '삼문제사'에서 셰익스피어를 비난.

이 해 후반에 역병으로 런던의 극장 폐쇄.

존, 교회 불참자의 명단에 기록됨.

≪리처드 3세≫ 집필(1592~3년).

≪착오 희극≫ 집필(1592~3년).

≪비너스와 아도니스≫ 집필(1592~3년).

1593년(29세)

≪비너스와 아도니스≫ 출판 등록(4월 18일). 같은 해에 4절판으로 출판(양 4절판).

≪타이터스 앤드로니커스≫ 집필(1593~4년).

≪말광량이 길들이기≫ 집필(1593~4년).

≪루크리스의 능욕≫ 집필(1593~4년).

극작가 크리스토퍼 말로 살해당함(5월 30일).

1594년(30세)

윌리엄, 〈궁내대신 소속 극단〉(Lord Chamberlain's Men)에 단원으로 참가.

≪타이터스 앤드로니커스≫ 출판 등록(2월 6일), 동년에 4절판으로 출판(양 4절판).

≪헨리 6세≫ 제 2부 출판 등록(3월 12일), 동년에 악 4절판 출판.

≪루크리스의 능욕≫ 출판 등록(5월 9일), 동년 4절판으로 출판(양 4절판).

≪착오 희극≫ 그레이 법학원에서 상연(12월 28일).

≪베로나의 두 신사≫ 집필(1594~5년).

≪사랑의 헛수고≫ 집필(1594~5년).

≪로미오와 줄리엣≫ 집필(1594~5년).

1595년(31세)

윌리엄, 〈궁내대신 소속 극단〉 단원으로서 최고의 기록(3월 15일).

≪리처드 2세≫ 집필(1595~6년).

≪리처드 2세≫ 상연(12월 9일).

≪한여름 밤의 꿈≫ 집필(1595~6년).

1595년(32세)

장남 햄네드 사망(8월 11일 매장).

부친 존, 문장(紋章)의 사용을 허가 받음(10월 20일)

≪존 왕≫ 집필(1593~6년).

≪베니스의 상인≫ 집필(1596~7년).

1597년(33세)

윌리엄, 이 무렵 런던의 세인트 헬렌의 비셥게이트에서 거주함.

윌리엄, 스트래트퍼드에서 가장 아름답고 둘째로 큰 저택 뉴 플레이스(New Place)를 윌리엄 언더힐로부터 40파운드에 구입함(5월 4일).

≪리처드 2세≫ 출판 등록(8월 29일), 동년 출판(양 4절판).

≪리처드 3세≫ 출판 등록(10월 20일자), 동년 출판(양과 악의 중간의 4절판).

≪로미오와 줄리엣≫ 악 4절판 출판.

≪헨리 4세≫ 제 1부와 제 2부 집필(1597~8년).

≪사랑의 헛수고≫, 크리스마스에 궁정에서 상연.

1598년(34세)

≪헨리 4세≫ 제 1부 출판 등록(2월 25일), 동년 출판.

≪소네트 집≫ 거의 완성(?).

수상인 윌리엄 세실 사망.

≪베니스의 상인≫ 출판 저지 등록(7월 22일).

윌리엄, 벤 존슨의 〈각인 각색〉에 출연(9월).

≪사랑의 헛수고≫ 양 4절판 출판.

≪헛소동≫ 집필(1598~9년).

≪헨리 5세≫ 집필(1598~9년).

프랜시스 미어스의 수기 ≪지식의 보고≫ 출판, 이 책에는 셰익스피어에 관한 여러 가지 언급이 있다.

1599년(35세)

시인 에드먼드 스펜서 사망.

풍자문학 금지(6월 1일).

에섹스 백작, 아일랜드 원정 실패.

〈궁내대신 소속 극단〉의 본거인 〈지구극장〉 개장.

≪줄리어스 시저≫ 집필, 동년 〈지구극장〉에서 상연(9월 21일).

≪로미오와 줄리엣≫ 양 4절판 출판.

≪뜻대로 하세요≫ 집필(1599~1600년).

≪십이야≫ 집필(1599~1600년).

1600년(36세)

동인도회사 설립.

≪뜻대로 하세요≫ 출판 보류 등록(8월 4일).

≪헛 소동≫ 출판 보류 등록(8월 4일), 출판 등록(8월 23일), 동년 출판(양 4절판).

≪헨리 4세≫ 제 2부 출판 등록(8월 23일), 동년 출판(양 4절판).

≪헨리 5세≫ 출판 보류 등록(8월 23일), 동년 악 4절판 출판.

≪한여름 밤의 꿈≫ 출판 등록(10월 8일).

≪윈저의 명랑한 아낙네들≫ 집필(1600~1년).

1601년(37세)

부친 존 사망(9월 매장).

〈궁내대신 소속 극단〉 에섹스 백작 일당의 요청에 의해 왕위 찬탈극 ≪리처드 2세≫를 〈지구극장〉에서 상연(2월 7일).

에섹스 백작, 런던에서 쿠데타를 거사하여(2월 8일), 사형에 처해짐(2월 24일).

≪십이야≫ 궁정에서 상연(1월 6일).

≪햄릿≫ 집필(1601~2년).

≪트로일러스와 크레시더≫ 집필(1601~2년).

1602년(38세)

이 무렵 크리폴게이트(런던)에서 하숙.

스트레트퍼드 교외에 107에이커의 토지를 320파운드에 매입(5월 1일).

≪윈저의 명랑한 아낙네들≫ 출판 등록(1월 18일), 동년 악 4절판 출판.

≪햄릿≫ 출판 등록(7월 26일).

≪끝이 좋으면 다 좋다≫ 집필(1602~3년).

1603년(39세)

일리저베드 여왕 사망(3월 24일), 튜더 왕조 끝남.

제임즈 1세 즉위하여 스튜아트 왕조 출발.

〈궁내대신 소속 극단〉, 제임스 1세의 후원 아래 〈국왕 소속 극단〉으로 됨(5월 19일).

역병으로 해서 런던의 극장들은 1년이나 폐쇄.

≪트로일러스와 크레시더≫ 출판 등록(2월 7일).

≪햄릿≫ 악 4절판 출판.

1604년(40세)

≪오델로≫ 집필, 동년 11월 1일 궁정에서 상연.

≪이척보적≫ 집필(1604~5년), 동년 12월 26일 궁정에서 상연.

≪햄릿≫ 양 4절판 출판.

1605년(41세)

〈국왕 소속극단〉 ≪헨리 5세≫를 궁정에서 상연(1월 7일).

〈국왕 소속극단〉 ≪베니스의 상인≫을 궁정에서 상연(2월 10일).

의사당 폭파 음모 사건 발각됨(12월 5일).

윌리엄, 스트래트퍼드와 그 인접 지역의 31년 간의 10분의 1세(稅)의 권리를
440파운드로 매입(7월 24일).

≪리어왕≫ 집필(1605~6년).

1606년(42세)

의사당 폭파 음모 사건의 주모자 헨리 가네트의 처형(5월 3일).

무대에서 신을 모독하는 말을 쓰지 못하게 하는 조령(條令) 포고(5월 27일).

≪맥베드≫ 집필.

≪리어 왕≫ 궁정에서 상연(12월 26일).

≪앤토니와 클레오파트라≫ 집필(1606~7년).

1607년(43세)

장녀 수자나, 의사 존 홀과 결혼(6월 5일).

≪리어 왕≫ 출판 등록(11월 26일).

≪코리올레이너스≫ 집필.

≪아테네의 타이먼≫ 집필.

1608년(44세)

시인 존 밀턴 출생.

수자나의 장녀 일리저베드 출생(2월 8일 세례).

모친 메리 사망(9월 9일 매장).

윌리엄, 존 애든브루크를 상대로 6파운드의 채권에 관해 소송을 제기하여 승소함(12월 17일~1609년 6월 7일).

〈국왕 소속극단〉이 실내 극장인 〈블랙프라이어즈〉를 매입, 윌리엄도 8분의 1의 주주가 됨(8월 9일).

≪앤토니와 클레오파트라≫ 출판 저지 등록(5월 20일).

≪리어 왕≫ 출판(양과 악의 중간의 4절판).

≪페리클리즈≫ 집필(1608~9년), 동년 출판 등록(5월 20일).

1609년(45세)

≪트로일러스와 크레시더≫ 출판(양 4절판).

≪소네트 집≫ 출판 등록(5월 20일), 동년 출판.

≪페리클리즈≫ 출판(양 4절판).

≪심벨린≫ 집필(1609~10년).

1610년(46세)

윌리엄, 이 무렵에 고향에 은퇴(?).

≪겨울 이야기≫ 집필(1610~1년).

1611년(47세)

≪흠정 영역 성서≫ 출판.

점성가 사이먼 포맨, 〈지구극장〉에서 셰익스피어의 극을 관람한 기록이 있음.

≪맥베드≫ (4월 20일), ≪심벨린≫ (4월 하순), ≪겨울 이야기≫ (5월 15일) 등.
≪태풍≫ 집필(1611~2년), 동년 궁정에서 상연(11월 1일).

1612년(48세)
윌리엄, 벨로트 마운트조이의 소송사건에 증인으로 출두(5월 11일, 6월 19일).
일리저베드 왕녀의 결혼 축하와 외국 사절들을 위해 〈국왕 소속 극단〉은 이 해
겨울부터 1613년에 걸쳐 20회 이상의 공연을 함.
≪헨리 8세≫ 집필(1612~3년).

1613년(49세)
〈국왕 소속 극단〉, 〈지구극장〉에서 ≪헨리 8세≫를 상연(6월 29일).
이날 상연 때의 축포의 불꽃에 인화하여 〈지구극장〉 소실. 곧 재건립에 착수.

1614년(50세)
제2의 〈지구극장〉 6월(?)에 준공.
윌리엄, 상경(11월 17일).

1616년(52세)
윌리엄, 유언장을 기초(起草)(1월 ?).
차녀 주디드, 토머스 퀴니와 결혼(2월 10일).
윌리엄, 유언장을 다시 정리 작성하여 서명함(3월 25일).
윌리엄, 사망(4월 23일), 스트래트퍼드의 호울리 트리니티 교회에 매장(4월 25
일).

1619년

토머스 파비어, 셰익스피어의 선집 출판(≪헨리 6세≫ 제 2·3부, ≪베니스의 상인≫, ≪헨리 5세≫, ≪한여름 밤의 꿈≫, ≪윈저의 명랑한 아낙네들≫, ≪리어 왕≫, ≪페리클리즈≫ 등이 수록됨).

W· 자가드, 불법으로 셰익스피어의 전집을 2절판으로 출판 기도.

1621년

≪제일 2절판 전집≫ 인쇄 착수(4월 ?).

≪오델로≫ 출판 등록(10월 6일).

1622년

≪오델로≫ 출판(양 4절판).

1623년

윌리엄의 아내 앤 사망(8월 6일 매장).

셰익스피어 극의 전집 출판을 위해 ≪태풍≫을 비롯하여 16편 극의 출판 등록 (11월 8일).

셰익스피어의 동료 배우 존 헤밍그와 헨리 콘델에 의해 편찬된 셰익스피어의 극 전집 ≪제일 2절판 전집(The First Folio) 출판(연말 ?). 이 전집에는 ≪페리클리즈≫와 시는 포함되어 있지 않음.

memo

memo

memo